さらに上半身を深く折り曲げ、首筋から胸、そして唇までキスの雨を降らせると、ようやく野城の体から力が抜ける。

（本文より抜粋）

DARIA BUNKO

キス ランディング

ふゆの仁子

illustration※タカツキノボル

CONTENTS

航空用語一覧-1

・**コックピット**…操縦席
・**キャビン**…客室
・**クルー**…乗務員
・**キャビンアテンダント（ＣＡ）**…客室乗務員
・**マーシャラー**…着陸後、誘導路を経由してきた飛行機をスポットまで誘導する人。
・**ディスパッチャー**…運航管理者。定期航空運送を行う航空会社で運航管理を担当する。飛行機が安全かつ効率的に飛行できるフライトプランを作成し、飛行中は密接な連絡をとり、必要な情報を送って運航の監視を行う。
※フライトプラン：離陸から着陸まで、飛行機がどのように飛行するかを決めたもの。安全性・快適性はもちろん、スケジュールどおりに経済性の高い運航が行えることを目的として作成される。

■航空大学…正式名称は航空大学校。昭和２９年に運輸省（当時）の付属機関として設立されたパイロットの養成学校。全寮制で、２年間にわたってパイロットに必要な厳しい講習を受けフライト訓練を行う。

■自社養成…各航空会社が４年制大学または大学院の新卒者を対象に試験を行い、それぞれの航空会社のプログラムによって、パイロットを養成する。採用試験は一度しか受験できず、競争率が高い難関。

■ＰＦ…パイロット・フライング。パイロットの役割分担のことで、その時点で操縦を担当しているパイロットをいう。

■ＰＮＦ…パイロット・ノット・フライング。操縦を行っていないパイロットのこと。主に航空管制官と通信などを担当する。

■ブリーフィング…打ち合わせのこと。例として以下のようなものがある。
※ディスパッチ・ブリーフィング：コックピットクルーとディスパッチャーによるブリーフィング。フライトプランをもとに航路上や目的地の気象状況を説明し、所要時間、搭載燃料、高度などを打ち合わせる。

航空用語一覧-2

※合同ブリーフィング:コックピットクルーとキャビンアテンダントが合同で行うブリーフィング。航路上の天候がキャビンサービスにどのように影響するかなどを含めた最終的な打ち合わせを行う。
※デブリーフィング:目的地に到着したあと、反省会の意味を含め、次の飛行に役立てるために行う打ち合わせ。

■ショウアップ…出社のことを意味する。通常国内線の場合、出発時刻の1時間前に運航管理者とのディスパッチブリーフィングが行えるようにするため、1時間半前ぐらいには到着するようにしている。

■ダイバージョン…目的地の天候不良などで、他の飛行場に着陸すること。出発地に引き返すことではない。

■ゴーアラウンド…着陸体勢の飛行機が、滑走路に障害物を発見したなどの理由で、着陸を中止し再び上昇すること。

■ミスドアプローチ…航空機が着陸のために進入降下した際、気象条件等の理由で、滑走路が目視できない場合、上昇・待機して天候の回復を待つこと。

■ランウェイ…滑走路。航空機が離着陸するための直線状の道のこと。

■ボイスレコーダー…操縦室音声記録装置。航空機の事故調査用の機器。事故当時の状況を知るため、操縦室内の会話や管制機関との交信内容を録音しておく装置。

参考文献

「旅客機操縦マニュアル」「サクセスシリーズ7 エアライン・パイロットになる本」
「サクセスシリーズ6 航空管制官になる本」「航空知識のABC」「月刊エアライン誌」
「1998年版航空無線ハンドブック」(イカロス出版)

「航空管制入門」(財団法人航空交通管制協会)

「パイロットになるには」(ぺりかん社)

「改訂新版 航空実用辞典」(朝日ソノラマ)

キス ランディング

青い空を羽ばたく鳥を見て、鳥のように空を自由に飛びたいと、人は太古の昔より願い、そして挑戦してきた。鳥になれない人間は、鳥に似た乗り物を作った。

鳥のように大きな翼を持ち、風を利用し空を飛ぶ美しい流線形《りゅうせんけい》の姿は、まさに巨大な鳥そのもの。

全長七〇・七メートル、全幅《ぜんぷく》六四・六メートル、全高一九・四メートル、総重量四〇〇トンに及ぶダッシュ四〇〇ジェット旅客機《りょかくき》すら、悠々《ゆうゆう》と空を飛ぶ現代。

飛行機。それは、人の夢と希望、さらには英知を結集した乗り物といえるだろう。

そして、空を羽ばたいた巨大な飛行機の車輪が滑走路《かっそうろ》にキスをするように着陸することを、『キッス・ランディング』と称した。

アメリカの国内第一位を誇《ほこ》る航空会社、ユニバーサルエアラインから、エリートパイロットを引き抜いた。その噂《うわさ》は中型旅客機・トリプルセブンの、副操縦士の資格を取得し、コックピットの右席に座るようになってから僅《わず》か二年しか経《た》っていない、二七歳の新米パイロット、野《や》城高久《しろたかひさ》の耳にも入ってきた。

「それで、そのパイロット引き抜きのためだけに、わざわざ江崎《えざき》人事部長がアメリカまで出向いてるって話だからすごいだろう」

羽田《はねだ》空港近くにある、日本スターエアライン株式会社——通称日《にち》スター——本社ビルの五階に全フライトを統括《とうかつ》する、フライトコントロールセンターはある。

身長一八〇センチ、全体的に大きな体をした、副操縦士《そうじゅうし》である中山英輔《なかやまえいすけ》は、そこで今日のフライトの確認をしていた野城を捕まえると、人懐《ひとなつ》こい笑顔を浮かべ、おもむろに噂話を始めたのである。

最初のうちは適当に聞き流していた野城だったが、江崎の名前が出たところで、長く柔《やわ》らかな前髪をかき上げ、二重《ふたえ》で大きな目を自分より五センチ以上背の高い中山へ向けた。

濃紺のダブルで階級を示す黄色の線が袖《そで》に縫《ぬ》いつけられたパイロットスーツの右の胸元には、社員章《しょう》と顔写真付のＩＤカードがある。

人事部長の江崎雅司《まさし》は、幼い頃に両親を亡くした野城を、大学生になるまで面倒を見てくれた人であり、かつ日スタの中でも五本の指に入るほどの、優秀なベテランパイロットだ。

国内にある航空会社では、機長の経験や操縦技術に応じ独自のレベルを定めている。日スタの場合はレベルを四段階に分けているのだが、江崎のパイロットランクは、最高値のレベル４に位置する。

技術の上でも人柄の部分でも、心から尊敬する江崎が説得しているとなると、相当の事態だ。子どもの頃より、あまり他人に興味を示さないタイプの野城も、さすがに気になった。

「パイロットということは、結構年がいっている人なのか」

薄く、淡《あわ》い桃色をした唇から紡《つむ》がれる、ほんの少し冷たい色が含《ふく》まれた声音《こわね》は、野城の容姿に実に合っている。筋の通った鼻は僅かに上を向いているため、大きくて微《かす》かに吊《つ》り上っている目とあいまって、全体的な顔の印象をきつくしている。手足は長く肩幅はあるが、胸板が薄いせいか、上半身はパイロットスーツの中で泳いでいる。

珍しく、自分の話に反応を示した野城に、中山は機嫌を良くして話を続ける。

「どうやら、まだ三五歳になってないらしい。それなのに最初から機長昇格《しょうかく》を条件に引き抜くって話だから、もう普通じゃないだろう」

「三五で機長昇格？」

「もちろん操縦士レベルは高い。カテゴリー2でも離着陸できるレベルだって」

航空機の離着陸には、航空法で滑走路や気象などの条件が定められている。たとえば、濃霧《のうむ》の発生や大雨が降っている場合などで離陸できる最低レベルを、カテゴリー2と分類する。当然のことながらその天候下で飛行機を離着陸させるためには、かなりの操縦技術が要求される。日スタでは、レベル4のパイロットにのみカテゴリー2での離着陸を許可をしているのだが、その数はごく僅かだ。

「…それは、すごいな」

野城は思わず、感嘆《かんたん》の声を上げた。

副操縦士から機長への昇格には、航空法での定めを満《み》たすことが第一の条件とされる。さらに社内に飛行時間や操縦技術等、厳しい規定がある。

通常の場合、航空法における条件を満たしてから、最低五年以上の年月が必要とされる。そのため機長に昇格できるのは、早くても四〇歳前後になってからだ。

ところが話題のパイロットは、まだ三五歳になっていないという。

副操縦士の資格を取得したばかりの野城からすれば、機長昇格までの道のりは、途方《とほう》もなく長い。そのうえ、レベル4の操縦技術など、まさに神業《かみわざ》の域である。

「すごいなんてもんじゃないって。なんでも二年前に胴体《どうたい》着陸をしたときには、怪我人《けがにん》一人出さなかったって言うんだ」

「偶然《ぐうぜん》、じゃないのか？」

飛行機が着陸する際、なんらかの事情で車輪が出なかった場合に、胴体部分を直接滑走路に接地《せっち》させて、着陸する。どれだけ見事に着陸させても、急ブレーキや激しい衝撃で多少の怪我人は生《しょう》じ、ときには大惨事《だいさんじ》に繋《つな》がることもある。

野城の記憶の中に、白い噴煙《ふんえん》とすさまじい音が瞬間的に蘇《よみがえ》り、眉間《みけん》に皺《しわ》が寄った。

「偶然でそんなことができれば、それこそ奇跡だ」

だが中山は、野城の様子の変化には気づかない。

「とにかくそのパイロットは、半端《はんぱ》じゃない経歴の持ち主だ。胴体着陸の話以外にも奇跡に近い噂は色々ある。中でも一番すごいのは、アメリカの大統領が噂を聞いて、エアフォースワンのパイロットにしたいと申し出たことだろう」

想像を越えた話に、蘇りかけた記憶を消え去るほどに驚いた。

エアフォースワンといえば、大統領専用機のことだ。

「どうしてそんなすごい人が、来るんだ」

日本国内には現在主《しゅ》として、二つの大きな航空会社がある。

一社は、かつて半民半官《はんみんはんかん》で設立され、国際線に絶対的なシェアを持つ全日航こと全日本航空。

そしてもう一社が、国内線の八〇パーセント以上のシェアを占《し》め、ここ一〇年の間に国際線にも力を入れ始めた、我が日本スターエアライン通称日スタである。そんなエリートパイロットが、なぜ全日航ではなく日スタへやってくるのか。

「その辺りの詳しいことは知らない。ただその人は日本人で航空大学出身だって話だから、日本に戻る機会を狙《ねら》っていたのかもしれないな」

どこでそんな情報を仕入れてくるのか、その疑問に応《こた》えるべく、中山はあっさりと応じた。

航空大学とは、運輸省に付属するパイロット養成のための学校である。

「そうなんだ……」

今年の一〇月で二八歳になる野城は、五年前に、日スタパイロット養成システム選考に応募した。そして、一〇〇倍近くの競争率を勝ち抜き、晴れて日スタのパイロット養成社員として入社した。

パイロット養成プログラムは入社後、三年余《あま》りの期間に亘り、熊本《くまもと》の訓練センター、アメリカベイカーズフィールド、東京《とうきょう》羽田の訓練センターの三箇所で行われ、過酷《かこく》を極める。

座学《ざがく》と呼ばれる操縦士資格試験や、無線免許取得のための知識を詰め込む。その免許取得後、実機を操縦し、さらに勉強、実機訓練を繰り返し、審査を通過する。そして、アメリカの航空会社であるダーイング社の旅客機、ダーイング七七七、一般的にトリプルセブンと呼ばれる機種の、副操縦士としての資格を取得するのだ。

中山はこのときの同期であり、現在、野城共々《ともども》、トリプルセブンの副操縦士として、日本国内の空を忙《いそが》しく飛び回る仲間だ。

野城よりも一歳年上である中山は、子どもの頃からパイロットを志望していた。航空大学の受験に失敗したあと一般大学に進んだ。その後さらに大学院に通いながらパイロットの夢を捨て切れず、日スタの自社養成募集を待ったのだ。

一方、野城がパイロットになろうと思ったのは、大学三年生になってからだ。それまで、国《こく》立《りつ》大学の最高学府《がくふ》の理学部II類に在籍《ざいせき》し、飛行機を操縦する側ではなく、作る側になるつもりだった。

将来的に飛行機という乗り物は、人間の力や技術を必要とせず、コンピューター制御《せいぎょ》のみで航空すべてを統括できるようになるはずだと、心の底から信じていた。

その頃ならば、どれだけ優秀なパイロットの話を聞いても、尊敬したり憧《あこが》れの気持ちを抱くことなど、ありえなかっただろう。だが、パイロットになった今は、強い好奇心が働く。

「それでな、俺……」

「いつまでそんな話を続ける気だ？」

しかしだからと言って、これ以上、噂話につき合っているつもりはない。だから、まだ話を続けようとする中山の口を手で塞《ふさ》ぎ、ネクタイに手をかけて引き寄せ、上目遣《づか》いに睨《にら》みつける。

図体《ずうたい》はでかいくせに子どものような笑顔を作る中山は、野城の顔を間近に目にして、落ち着かないように視線をあちこちにさまよわせた。

野城が大きくてきつい目で他人を凝視《ぎょうし》すると、大抵《たいてい》の相手は今の中山のように、視線を逸《そ》らす。唇の動きに合わせて微かに上がる口元のホクロが、妙にいやらしいと言われたことがある。

「うちに来るかどうかもわからないパイロットの話をする暇《ひま》があるなら、ひとつでも多くのエンルートを覚えろ。俺たちに課《か》されているのは、ダッシュ四〇〇の副操縦士資格免許の取得だ。雲の上の人間の話なんてしていても、意味ないだろう」

副操縦士の資格も、航空機の機種ごとになっている。トリプルセブンの資格を持っていても、他の機種に副操縦士として乗務するためには、さらに新しい資格が必要となる。国際線の主力路線は、ダッシュ四〇〇。より多く空を飛ぶためにも、早くその資格を取得したかった。

「……わかったよ」

中山は諦《あきら》めたように太い眉《まゆ》を下げ、肩を落とした。そして野城の手から逃《のが》れると、小さなため息をついて自分のフライトプランに目をやった。

パイロットという職業は、日々の仕事が訓練で、経験にもなる。新米パイロットにとって、毎日のフライトが新しいことの積み重ねだ。

それから五月になり、実際にアメリカの航空会社から引き抜かれたパイロットが、日スタに赴任《ふにん》してくるまで、野城はこの話をすっかり忘れ去っていた。

「大澤健吾《おおさわけんご》。現在三四歳。航空大学の卒業生。卒業後アメリカに渡り、ユニバーサルエアラインにパイロットとして入社。その後、ダーイング七三七、YC－一一、エールバス三〇〇、三二〇、ダーイング七四七－四〇〇の副操縦士を経て、三二歳で同機の機長資格を取得」

鳴《な》り物入《ものい》りで日スタに来た男の経歴は、あっという間に社内に広がった。

「身長一八三センチ。母親がアメリカ人とのハーフのため、当人はクォーター。一見すると外国の血が入っていることはわからないけど、全体的に彫《ほ》りの深い端整《たんせい》な顔立ちで、何しろ体つきがとってもセクシーなの。具体的にどこがセクシーかは、直接自分で調べてみたいわよね」

さらに大澤という男の容姿に関する情報は、女性社員から入ってくる。

どこへ行っても何をしていても、大澤の話題でもちきりだ。

初めて話を中山から聞いたときには、野城もパイロットとしても憧れや尊敬の気持ちを抱いた。が、さすがに溢《あふ》れ返らんばかりの噂話に、飽《あ》き飽きしている。パイロットである以上、必要なのは飛行技術だ。実際の操縦の腕前については一緒に仕事をすれば嫌でもわかる。だから仕事以外に関する余計な先入観は持ちたくなかった。

それなのに、コントロールセンターで江崎直々《じきじき》に歓迎会の招待を受けてしまう。

「歓迎会を明後日に行《おこな》うから、高久くんもいらっしゃい。大澤くんのように、若く優秀なパイロットと話をすることは、君にとっていい経験になると思うよ」

五〇を越えた江崎の髪には、半分くらい白い物が混《ま》ざっているが、量も多くふさふさしており、いわゆるロマンスグレーにふさわしい容貌《ようぼう》だ。

野城は大学入学と同時に江崎の家を出て、就職してからは経済面でも完全に自立した。しかしながら、現在ダッシュ四〇〇旅客機の機長であり、親代わりでもある江崎には、いつまで経っても頭が上がらない。

実のところ、酒を飲む席には出席したくない。だが、明確に断る理由を見つけられない以上、頷《うなず》くしかない。

「俺も参加していいですか」

野城が仕方なしに頷くのを見て、そばにいた中山が元気に自分から申し出る。野城がそっと横を向くと、全《すべ》てを悟《さと》っただろう中山は小さなウィンクを返した。

「もちろん。ただし、翌日にフライトがあるなら、駄目だよ」

「その翌日は公休《こうきゅう》です。ご安心ください」

中山の返事を聞いてから、江崎は笑いながら場所と日時を告げ、その場を去《さ》った。

大澤の歓迎会は、ＪＲ大森《おおもり》駅近くにある、日スタ御用達《ごようたし》の和風居酒屋で行われていた。

予想以上に多くの人が出席していて、誰がどこにいるかはっきりわからないぐらいだ。フライトのあと、野城は羽田空港からほど近い場所にある中山の家で着替えをしていたために、開始時間を過ぎて会場に着いた。

とりあえず空《あ》いている席に着いて、中山と二人、仕事の話をしながら、酒を酌《く》み交《か》わす。

「それで、くだんのパイロットはどこだ？」

酒を飲みながらも、中山は大澤探しに忙しい。

「お。あそこに座っているの、そうじゃないか」

「ふーん」

「ふーんじゃなくてほら、江崎さんの隣にいる。背筋のぴしっとした、遠目にもいい顔しているのがわかる」

中山わざわざ、皿に向けていた野城の顔に手を添《そ》え向きを変えようとする。

「なんだよ、せっかく人が食べてんのに……」

文句を言いながらも、野城はとりあえずそちらへ視線を向ける。

中山の言う通り、遠目にもわかるほど大澤らしき人物はいい顔をしている。造作《ぞうさく》がはっきりしていて、背筋も伸《の》びていて、それだけで十分格好良く見える。

「なるほど」

だから野城は相槌《あいづち》を打つ。

「なるほどってそれだけ？　つまんねえの」

すぐに野城が顔を逸らして食事に戻ると、中山はつまらなそうにぼやく。

「俺はちょっと、江崎機長に挨拶《あいさつ》してくるけど、周りにいい顔して、調子に乗って飲みすぎるなよ」

そして野城に小さく釘《くぎ》を刺《さ》してから、グラスを持って、席を移動する。

最初のうちは手酌《てじゃく》で酒を飲んでいたが、やがて一人二人と、野城の周囲に人が集まってくる。

とりあえずの挨拶はしてみるものの、誰が誰だかわからない。

顔の印象がきつく、本来は決して愛想《あいそ》の良くない野城だが、江崎の秘蔵《ひぞう》っ子であるためか、入社当時から何かと声をかけられ、名前を覚えられるのが早い。自分の容姿が他人の目を惹《ひ》くらしいことは、ある程度は自覚している。相手が誰かわからなくても自分のことを相手が知っている以上、江崎の手前もあって無下《むげ》にすることはできないため、周囲の評判は悪くなかった。

「お疲れさまです」

適当に仕事の話をして、酒を注《つ》ぎ合う、次の人がやってくる。当人に飲みすぎるつもりはなくとも、この状態が続いたら、いずれ潰《つぶ》れるだろう。

酒はパイロット養成時代に覚えた。かなりの量が飲めると自分では思っている。

ところどころ翌日になって記憶が抜け落ちているときもあるが、それほどひどい酔っ払いの姿は見せたことはないつもりだ。が、中山に言わせると、とんでもない酒癖《さけぐせ》を持っているらしい。そのために、一人では飲みに行かないようにと、うるさく言われている。

今回中山が歓迎会に同席したのは、大澤の顔を見たかったのも一因《いちいん》だろうが、野城の監視役を買って出たのが一番の理由だろう。

自分がいったいどんな酒癖を持っているのか、何度も中山に確認した。が、なんだかんだと誤魔化し、絶対に口を割らない。パイロット養成時代に、一度中山の前で大酔っ払いと化して以来、他の人間には見せないようにと隠してくれたらしい。

そんな事実を考えると、酒癖は相当なものだろうと思うが、酔ったあとのことを考えながら飲んでいては酒がまずくなる。

「大澤、健吾か」

今日の主賓《しゅひん》の名前を呟《つぶや》く野城の目の前には、空《から》になったビールとワインの瓶《びん》が転がっていた。量は定《さだ》かではないが、勧められるままにグラスを空けていた。

体が熱くて、頭はふわふわしている。普段は野城を止める役を担《にな》っている中山の姿は、近くに見えない。

野城は、初期段階の酔いに、気持ちよく体を揺らす。

「ずいぶん、楽しそうに飲んでいるな」

体を左右に揺らしている野城の隣に、どこからか長身の男がやってきた。男は右手にビール瓶、左手には煙草《たばこ》を持って、腰を屈《かが》めて野城に確認を取ってくる。

白く霞《かす》み、焦点《しょうてん》の合わない野城の視界に、茶系の薄手のジャケット、同系色のパンツというさりげない服装の、やけにスタイルのいい男の姿が入ってくる。

「俺も一緒にいいか」

「健康に気を遣わなくてはならないパイロットが、煙草を吸うのはよくありませんよ」

「堅《かた》いことを言うな」

相手の問いは無視した野城の言葉に、語尾の掠《かす》れる低音が頭の上で応じる。形容《けいよう》するならセクシーという言葉が一番適《てき》しているだろう、声。

男は喉《のど》の奥で含み笑いをしながら、その場に膝《ひざ》を立てた状態で腰を下ろした。野城の鼻を掠めるのは、煙草の匂《にお》いと甘い香りの、メンズコロンだ。

「百害あって一利なしですって」

嫌みのような言葉をへらへらした口調で言いながら、野城は狭《せま》い視界の中にあった男の手を摑《つか》んで、指の間に挟《はさ》まっている煙草を奪《うば》おうとした。が。

「どうした」

煙草を持った手を捕らえ、自分の顔を不躾《ぶしつけ》と思えるほどの視線で凝視する野城に、訝《いぶか》しげな声が上がる。口調から推測するに怒ってはいない。それどころか、楽しそうな響きさえ感じられる。

「とても綺麗な手ですね」

男の右手の中指には、銀色の指輪があった。きっちり整《ととの》えられた爪《つめ》は、綺麗な楕円形《だえんけい》をしていた。甲が広く、長く節《ふし》のはっきりした指からは、どんな物でも捕《つか》まえそうな力強さが感じられる。その白い手袋が似合いそうな手を見ていると、不思議と懐かしさを覚えた。

「ありがとう。よく言われる」

男は照れる様子も見せず、慣れた口調で応じる。

野城は灰の長くなった煙草をその指から改めて奪い、ゆっくりと顔を上げる。

すぐ目の前にある男の顔は面長《おもなが》で顎《あご》はしっかりしている。おうとつのはっきりした、全体的に彫りの深い顔立ちで唇は薄く、笑っている口元は、閉じると引き締《し》まる。眉は濃く、綺麗なカーブを描き、睫毛《まつげ》は長い。その奥に見える瞳は、光の関係か、光彩《こうさい》部分が明るい茶色に見えた。

そして、適度な長さに切り揃《そろ》えられた髪の毛も、部屋の照明に反射して金色に光っている。

「ああ……大澤さんだったんですね」

今さらながらに横に座っているのが誰か、頭の中にある知識を動員して認識する。そんな野城の間の抜けた問いに、大澤はほんの少し肩を竦《すく》める。

「自分の横に座ったのが誰かわからないほど、酔っているのか」

呆《あき》れたような大澤の言葉に気づかず、自分の指の間に挟んでいた煙草を、半開きになった男の口に強引に咥《くわ》えさせる。

「そんなことありません。それより大澤さんってすごいですよね。三四歳の若さですでに機長で、操縦技術も素晴らしいと聞いています。同じパイロットとして、心から尊敬します」

「それは、どうも」

大澤は野城の行動に多少驚きながらも、特に抵抗はしなかった。咥えた煙草の煙を吸い込むと、ゆっくりと白い煙を吐き出す。

そのさりげない仕種《しぐさ》が、煙草をとても美味《おい》しそうなものに見せる。これまで、遊び半分でも吸ったことがない。野城の目はじりじりと長くなる灰に引きつけられていた。

その視線に気づいたのだろう。大澤は自分の体に半《なか》ば寄りかかった状態の野城に視線を向け、吸っていた煙草を指に持った。

「吸いたいのか?」

野城が素直に頷くと、大澤は笑みを浮かべ、ケースの中から取り出した煙草を野城の口に咥えさせ、もう片方の手の中でライターをそばに寄せる。しかし、なかなか火が点《つ》かない。

「もしかして、初めてか?」

困ったように首を傾《かし》げる野城に、大澤はふっと笑う。野城がもう一度こくりと頭を下げると、大澤はしばし黙《だま》っていたが、やがて目を細め穏《おだ》やかな表情を作り、新しい煙草を咥え火を点けた。

「火が先端に近づいたら、軽く息を吸うんだ」

大澤が実際に自分の煙草に火を寄せる様《さま》で、煙草の先端がぽっと赤くなるのを確認した。

大澤は軽く煙を吸って吐き出すと、再度野城にライターを向ける。

野城は自分に気合を入れ、口に咥えた煙草に指を添え、近づいてくる赤い炎を見つめる。そして先端が微かに焦《こ》げるのを確認して、用心深く息を吸う。

「点いただろう」

その喜びを目で訴《うった》える野城に、大澤は笑いながら応じる。しかし、次の難関が待っていた。

喜び勇《いさ》んで頷いた瞬間、思い切り煙を吸い込んでしまった。

「大丈夫か?」

野城は煙草を手に持って、体を半分に折って咳《せ》き込む。その様子を見ていた大澤は自分の煙草を灰皿に置くと、すぐ野城の手から煙草を奪い、細い背中を擦《さす》った。

「ゆっくり呼吸をするんだ。水でももらってくるか」

「いえ、大丈夫、です。ありがとう……ございます」

咳き込みながらも顔を上げる、なんでもないフリをするが、目に涙が浮かんでいるのは、霞む視界で自分でもわかっていた。そんな霞んだ世界の中に住む大澤を、野城は改めて見つめる。

彫りの深い二枚目。形の良い額《ひたい》を覆《おお》う前髪は、先ほどと同じように、蛍光灯《けいこうとう》の光に反射して、輝いて見える。

「どうした?」

「大澤さんの髪が、金色に見えます」

心配そうな表情で自分の顔を覗《のぞ》き込む大澤に、同時に野城はへらへら笑い、咳を繰り返す。

「笑うか咳き込むか、どっちかにしなさい」

呆れたように指摘しながら、大澤は口の端《は》で笑い、額に下りた自分の前髪をかき上げる。

「俺の中には四分の一、アメリカ人の血が流れている。色素《しきそ》が薄いのはそのせいだろう」

確認を取るように、大澤は自分の顔をさらに野城に近づける。

「クォーターなんですか」

「知らないのか？　日スタ内で、俺は相当な有名人らしいが」

大澤は少し自虐《じぎゃく》的な口調で返してくる。唇の片方だけ上がる皮肉な笑みが、どことなく冷たい印象を与える男の顔に、似合っていた。

「……俺、あんまり他人の噂には興味がないので。…でも、本当に綺麗ですね」

ようやく止まった咳にほっとしながら、野城は無意識に自分の手を大澤に伸ばす。

顔の高さにある手に。

「何が綺麗だと言うんだ？」

「大澤さんの手と、それから、目。顔」

大澤は訝しげな視線を、伸びてくる手に一瞬だけ向け、すぐに野城に戻した。

「自意識過剰《かじょう》なわけでなく、多少は自分の顔に自負《じふ》はある。が、体や顔のパーツを個別に綺麗だと言われたのは、初めてだ」

顔に触れている野城の手をそのままに、大澤は肩を竦める。

「綺麗だと言われるのは、嫌ですか?」

野城は正座した状態で片方の手を膝の前につき、上目遣いに大澤の顔を見つめた。

「嫌ではないが、くすぐったい」

「それなら、他になんと形容すればいいんでしょうか」

「適当な言葉は見つからない。ただ、綺麗という形容詞は、俺みたいな人間に対して使う言葉ではない。むしろ綺麗という言葉は、そっくりそのまま、君の顔に使うべきだ」

大澤は胡座《あぐら》をかいていた足を再び立て、自由になる方の指を上向き加減の野城の顎にかけてきた。

「綺麗、ですか。俺は」

「ああ。造形的にもっと綺麗な顔も知っているが、君の顔も十分綺麗という形容に値《あたい》する。特に俺のことを食い入るように見つめる瞳は、きつくて大きくて透明感があり、実に印象的だ。唇は桜貝のようにほんのり薄いピンクで、鼻筋は通っているが、少し上を向き加減のところに愛敬《あいきょう》がある。そして一流の彫刻家が彫ったかのような、滑《なめ》らかな流線形を持った輪郭《りんかく》。頬《ほほ》から顎にかけてのラインは、なんとも言えないほどに美しい。それから、極めつけが、口元のホクロだ。この微妙で絶妙な配置は、男の征服欲を掻《か》き立てるいやらしさを秘めている」

「お上手ですね。大澤さんの方が、俺なんかより、よっぽど酔っているでしょう。今の台詞《せりふ》はまさに、女性に対する形容そのものだ」

自分に向けられた形容のあまりの気障《きざ》さと露骨《ろこつ》な下心に、野城は照れ隠しで笑い飛ばそうとする。しかし、大澤は真顔《まがお》のまま、首を左右に振る。

「確かに、君以外の他の男には滅多《めった》に使わないだろうし、他の男が言うなら女に対する形容詞かもしれない。でも、俺は違う。だが君相手になら、もっと恥ずかしい台詞を口にすることができる。ご希望なら、もっと続けても構《かま》わないが？」

「セックスの対象にならない女相手には、多少のお世辞《せじ》は言えても褒《ほ》め称《たた》えることはできない。セックスの対象にならない相手？」

話の繋がりが見えなくて、野城は大澤の言葉を繰り返す。

「あの……」

つまり女性は、セックスの対象にならない相手で、逆に男である自分は対象となる、ということ。酔いのため、ほとんど失われている思考の中でかろうじて理解すると、大澤から逃《のが》れるように、座ったまま後ろに移動する。

その様子に、大澤はふっと目を細める。

「安心しなさい。別に、取って食おうとしているわけじゃない。ただ、君の顔はそれだけ魅力的だということを言いたかっただけだ。綺麗だが、女顔ではない。第一、女にそれだけ、きつくて艶《つや》っぽくて扇情的《せんじょうてき》でありながら、挑戦的な目つきはできない……そうだ。お互い、これから同じ会社で仕事をするパイロットだ。私の名前を一方的に知られているのも妙な話だ。だから名前ぐらい聞かせてくれないか」

降参《こうさん》するように両手を挙《あ》げた大澤は、肩を竦めて野城に名前を聞いてくる。

「言ってませんでしたか」

「聞いていないな」

大澤が間髪《かんぱつ》入れずに答えると、野城は最初に名乗っていなかった自分を恥《は》じて、まず頭を下げた。

「野城。野城高久です。現在トリプルセブンの副操縦士をしています」

「野城、高久？　漢字は、野原の野に、お城の城か？」

「そう、ですが」

それまで表情を崩《くず》さなかった大澤は、その名前に眉を上げた。さらに頭の上から足の下までを、嘗《な》めるような視線で眺めた
「あの……何か」

これまでとは違う嘗めるような執拗《しつよう》な視線と目つきに、居心地の悪さを覚える。

「なんでもない。それより、高久。せっかく知り合えたんだ。今日はこのままもう少し、俺につき合わないか」

大澤は表情を穏やかなものに変え、野城のことを当たり前のように名前で呼ぶ。すでに歓迎会はお開きになり、江崎たち上司は会計を済ませ、帰る支度《したく》をしていた。

「嬉しいですが……あの」

「同期の彼のことが気になっているのか？　それなら、さっき俺のところに挨拶に来て、江崎機長らにさんざん酒を飲まされ、泥酔《でいすい》していたようだ」

「そう、なんですね」

中山が酔い潰れたとなると、監視役のいない状況で、どうしたらいいのか。考えながら立ち上がるものの、足がふらついてそのまま大澤の腕の中へと倒れ込んでしまう。

頭が当たった胸板は厚く、頰は鎖骨《さこつ》に当たった。

首筋からは、先ほど感じたコロンの香りがした。

「どうする？」

掠れる声で耳元で囁《ささや》かれた瞬間、野城の全身に鳥肌が立つ。

「さっき俺が言ったことを気にしているのなら、心配する必要はない。合意《ごうい》でない相手を抱く趣味は、ないからな」

大澤は不安を打ち消すように先回りするが、野城が気にしているのは、この男がゲイかどうかではない。

問題は、自分自身だ。

「俺、ものすごく酒癖が悪いかもしれないんですが、それでもいいですか?」

今日初めて会った人に確認しながら、野城は自分がかなり酔っていると思っていた。通常の状態であれば、酒癖の悪さを自分から明かすような、みっともない真似《まね》はしない。

「酒癖が悪いということは、裸になって踊《おど》ったりするのか?」

「かもしれません」

大澤の言葉が否定できない自分が、なんとも情けない。

「かもしれないって、知らないのか? 自分が酔うと何をするか」

野城は曖昧《あいまい》に頷く。

「だから、もっとひどいことをするかもしれません。自分ではまるでわからないので、大澤さんにとんでもなく、失礼なことをしてしまうかもしれないんです」

「わからないことを話しても仕方ない。問題は、高久が俺と飲みたいか飲みたくないか、だ」

大澤は再び野城の顎に指をかけてくる。大澤は野城の目を見て、吸い込まれそうだと言った。けれど野城は、同じ言葉を大澤に返したいと思った。光の加減によっては金色に見える大澤の瞳は、それこそ太陽の光のように眩《まぶ》しく美しい。彼の瞳の奥には、見ているものを焼き尽《つ》くしそうな光がある。

この男ともっと話をしたい。「いずれ」ではなく「今」。だから誘《さそ》いに乗るのが一番早い。

「飲みたい、です」

素直な気持ちを告げる野城に、大澤は満足そうな表情を見せた。

「大澤くん。このあとはどうするか」

聞こえてくるのは江崎の声だ。彼の姿を認めて、大澤は野城の耳元でそっと囁く。

「俺の言うとおりにして、高久は何も言うな」

江崎に対し大澤が何を言うつもりかはわからなかったが、この男の逞《たくま》しい腕に抱かれているのは、実に気持ちが良い。だから野城は小さく頷き、大澤の腕に身を預《あず》ける。

「そこにいるのは高久くんじゃないか。どうした、酔い潰れたのか?」

「申し訳ありません。少し、飲ませすぎたようです」

「それはそれは……。私が家まで連れて帰るから、君はもう少し……」

江崎の手が、野城の肩に触れたところで、大澤は「いいえ」とはっきりと断った。

「皆様には十分よくしていただきましたので、今日はこれで帰ります。野城くんは私の家で休ませて、後で家まで送っていきます」

淡々とした口調。こうして喋《しゃべ》っているときでも、大澤の声は何かの瞬間に、語尾が掠れる。

「しかし、大澤くん……」

「ご安心ください。他意はありません」

大澤がそう言ったとき、野城の肩を抱き締める腕に力が込められる。続く、沈黙。そして、ため息ののち。

「わかった。高久くんは君に任《まか》せよう」

江崎と大澤の会話に、野城は微妙な引っ掛《か》かりを覚えた、が、それが何か確認する前に話が終わる。

「今日はありがとうございました」

促《うなが》されるままにタクシーに乗り込んだところで、野城はようやく大澤の腕から解放された。

後部座席に座り、長い足を組んだ大澤は、気難《きむずか》しい表情で、眉間に深い皺を刻《きざ》んでいた。先ほどまでの優しい雰囲気は消え失せている。

野城は黙って前を向いた。自分は何をしているのだろうかと思うほどに、酔いは深まっていく。その酔いは、決して不快ではなかった。


タクシーが辿《たど》り着いたのは、代官山《だいかんやま》だった。それも、豪華なマンションが立ち並ぶエリアだ。大澤は代金を支払うと、酔いの醒《さ》めかかった野城の肩に手を置き、何も言わずに歩き始める。目の前のマンションの、ホテルのロビーのようなエントランスを潜《くぐ》り抜けエレベーターへ乗り込む。

飛行機のパイロットは、プロフェッショナルな職業のうえ命の危険と引き換《か》えに高収入を得る。野城のような副操縦士でも、一般企業に勤める同じ年齢の人間より年間収入は多い。

それにしても、このマンションは桁違《けたちが》いの豪華さだ。躊躇《ちゅうちょ》している野城の腕を引きずるように歩き、部屋の前で足を止める。

「どうぞ」

言われるままに玄関の中へ足を踏み入れた途端、何もしないのに明るくなる。驚きの目で振り返る野城を気にすることなく、大澤は中へ入っていく。

グレーに統一された家具に壁、そして洗練されたモダンなインテリアは、大澤の雰囲気によく合っていた。

「酔いもすっかり醒めただろうから、改めて乾杯しよう」

大澤は慣れた手つきでグラスに氷を入れ、高価なブランデーを惜《お》しげもなく開け、半分ぐらい注いだ。大きなソファの端っこにちょこんと座った野城に、有無を言わさず、グラスを渡してくる。洋酒があまり得意ではない野城は、琥珀《こはく》色の液体をじっと睨みつける。

「君と出会えた幸運に乾杯、かな」

野城がどうしようかと考えている間に、大澤は勝手に恥ずかしい台詞を口にしてグラスを重ねた。そしてブランデーのロックを、まるで水のように飲んでいく。

「大澤さんて、アメリカ人っぽいですね、本当に」

気持ちのいいほどの飲みっぷりに呆れたように言う野城に、大澤は「心外《しんがい》だな」と眉を上げた。

「どこがアメリカ人っぽい？　容姿か。それとも……」

おもむろに顔を寄せられて、思わず野城は後ろに逃れる。

「恥ずかしい台詞を、恥ずかしげもなく自信たっぷりに、当たり前のように言うところです」

「それについては別にアメリカでの生活が長かったから染みついたものでもない。だが、そういうことにしておいても構わない」

空になったグラスに再びブランデーを注ぎ、野城にも勧めてくる。

ここまでついて来て、飲まないでいるのもばからしい。

自分の部屋とはまるで違う異世界の雰囲気を味わいながら、酒に酔いしれるのもいいかもしれない。そう判断して、グラスに入っていたブランデーを一気飲みした。顔には急激に熱が集《た》まる。大澤は野城の顔色の変化など気にすることなく、調子に乗ってブランデーを注ぎ足してくる。

「大澤さんはあ、前にぃ、日本にいたそうでしゅねえ」

前の酒が完全に醒めていなかったせいか、呂律《ろれつ》まで怪しくなることにまずいのではないかと微かに思いながら、注がれるブランデーを拒《こば》むことができない。

ぼんやりとした感じは、不快ではない。

「そう。航空大学にいた。もう十年以上も前の話だが」

大澤は、野城の横に腰を下ろし、改めてグラスを重ね合わせてくる。肩と肩が触れ、大澤の温《ぬく》もりが布越しに伝わってくる。

「日本の会社には入りゃないでぇ、アメリカのぅ、会社に入ったのは、にゃぜなんですか？」

「人間、聞かれたくないことのひとつやふたつは持っているだろう」

酔っ払いの問いを気障な言葉で誤魔化《ごまか》して、大澤は野城の額を指で弾《はじ》く。口調も表情も怒ってはいないが、その言葉に突然申し訳ない気持ちになった。酔いのせいで、状況判断も鈍《にぶ》っている。

「ごめんにゃさい。俺……」

謝る代わりに、さらにブランデーを飲む。自分で何がしたいのかわからなくなっていた。

「そんなに無理して飲む必要はないぞ」

氷まで口に含んだ野城の様子にさすがに大澤は驚き、冷たくなっている指先を外し、グラスをローテーブルの上へと置いた。

「大澤さんの手だあ」

野城は自分の手を掴む大澤の手を見つめ、そこに頬を寄せる。自分の手とは違う、逞しい大人の男の手。骨張《ほねば》った、節のはっきりした指には、妙な色気と優しさがある。不意に、微かに記憶に残る父親の手が蘇る。

「高久は、俺の手がよほど好きらしいな」

「こういう手ぇを見ているとぉ、キスをぉ、したくなりますー」

大澤は野城に手を預けたまま、苦笑する。野城はそれに対し、冗談混じりで応じた。

「別にキスしてもいいぞ」

「本気にしますよう。そんなこと言うと」

笑いながら顔を大澤の手に近づけ、爪の先に唇を寄せ、猫のような仕種で、ぺろりとそこを嘗めた。

「キスしてもいいとは言ったが、嘗めていいとは言っていない」

「ごめんなさーい。美味しそうだったんでぇ」

野城は笑い、大澤の手に頬を押しつけた状態で、無邪気に肩を揺らしてくすくす笑う。

「許さない」

慈《いつく》しみを込めた目で野城を眺めていた男は、持っていたグラスをテーブルに下ろし、優しい声で囁く。やがて頭がゆっくり下りてきて、野城の目の前の光景を遮《さえぎ》った。

アルコールの匂いのする唇が、掠めるように唇に触れてくる。見開いたままだった野城の目に、大澤の彫りの深い顔が、至近距離で映し出される。

「……キス、した」

ぽつりと呟く。

「今のはキスなんて言えない」

責めるでもなく、怒るでもなく、ただ一瞬の隙《すき》に起きた事実を訴えると、大澤は開き直ったように短く言い放った。

「そうなんですかあ？　キスじゃなかったらなんでしょう？」

野城は大澤の膝の上に自分の頭を乗せ、笑いながら首へ手を伸ばす。

「俺え、実はこれまで一に度もぉ、キスをしたことがないんですぅ」

「そうなのか」

幼い口調とは裏腹な煽情的な瞳と口調に対し、大澤は平然と応じる。

「そうなんですよう。だから、キスを教えてくれませんか？」

野城はさらに甘えるようにせがむ。

「いいのか、そんなことを言って」

大澤は、茶色の瞳の中に微かに戸惑《とまど》いの色を見せた。

「俺がいいと言ってるから、いいんですよう」

「後悔しても知らないぞ」

瞳の奥の奥に、野城の顔が映し出される。その綺麗な瞳が、さらに近寄ってきて——やがて何も見えなくなる。

「ん……っ」

ぬめりがあってアルコールの匂いのする舌が、野城の唇の間を通り、歯を刺激して、さらに下顎を先端で突ついてくる。長い舌は口腔《こうこう》内を巧《たく》みに動きさまよい、野城の舌を探し当てると、強引に絡《から》みついてきた。

未知の感覚が体の中で、湧《わ》き起こり、徐々に全身に染《し》み渡っていく。息継《つ》ぎのできない苦しさに逃れようとするが、大澤の手にしっかりと押さえられた体はびくともしない。

抗《あらが》えば抗うほど逆に、蜘蛛《くも》の巣に絡まった獲物のように、腕の中へ抱え込まれていく。

「……あ…や……っ」

口の角度を変えるために僅かに唇が離れた瞬間、野城の喉から声にならない声が零《こぼ》れ落ちる。信じられない自分の声の甘さに、野城は体を震《ふる》わせた。

驚いている間もなく、再び大澤の舌に動きを制御される。そして促され、自らの意思で舌が動き始める。嫌がらせのように逃げると追いかけられ、先端を突つかれ、さらに奥へと導かれる。

野城の体の内側に、小さな火が灯《とも》った。なんとも言えないもどかしさが全身を駆《か》け巡《めぐ》っていく。

首に回した腕に、力を込め、より強く大澤の体にしがみつく。

もっと近くへ行きたい。もっと温もりを感じたい。

「これが、キスだ……」

やがて名残《なごり》惜しげに唇が離れていくと、大澤の首に回していた野城の手は、力尽き、重力の法則に従《したが》って、床へ向かって落ちた。

荒い呼吸に堪《た》え肩を揺らす野城に大澤は優しい言葉で囁き、頬を撫《な》でていた手を、野城の下半身へと伸ばした。

「な…何、を」

初めて味わう濃厚なキスに、体の内で灯った火が集まった場所は、微かな指の感触にも、恥ずかしいぐらいの反応を示してしまう。

「感じやすい体だな」

大澤は揶揄《やゆ》するように言い、ソファに腰掛けた足の間に入り込ませた手で、布の上からそこをさらに強く刺激してくる
「大澤さんっ」

「自慰《じい》の経験は?」

激しい羞恥《しゅうち》に慄《おのの》き身を竦める野城に、大澤はさらに煽《あお》るような質問を投げかけてくる。

「自慰ぐらい……っ」

「じゃあ、セックスは?」

売り言葉に買い言葉。咄嗟《とっさ》に答えかけた野城に、間髪入れずに次の問いが続く。

思わず言葉を飲み込んだ野城は、酔いのせいで赤くなっていた頬をさらに赤くした。言葉で応じなくても、その変化だけで大澤にはわかってしまったのだろう。野城は全身を強張《こわば》らせ、両手を体の横について息を呑《の》んだ。

大澤は膝の上にある野城の顔に自分の顔を近づけ、頬を撫で唇を辿《たど》り、耳朶《じだ》を軽く噛《か》むよう

にしながら囁く。

「抱かれてみないか、俺に」

語尾が微かに掠れる、熱い吐息の混ざった声に反応し、野城の腰は跳《は》ね上がる。身に震えを走らせながらも首を左右に振った。

「心配するな。俺は上手《うま》い。飛行機の操縦よりも、きっとな。高久の気が変になるぐらい、それこそ怖がっている余裕などないほどの、想像もできない快感を教えてやる。きっと天国が見えるだろう」

大澤はかなりの量のアルコールを飲みながら、ほとんど酔っていないようだった。歯の浮きそうな台詞を、真顔で次から次へと野城の耳元で思わせぶりに囁き、体にも直接的な愛撫《あいぶ》を与え始めた。

細胞という細胞が、各々《おのおの》の意思を持って動き出しているような感覚に襲われ、じっとしていられなくなる。初めてだからという理由だけでは、きっとない。眩暈《めまい》がしそうなほどの感覚に体が無意識に逃げる。だがすぐに背中はすぐにソファの背もたれにぶつかり、足が肘《ひじ》置きに当たった。

「怖いのか?」

甘い吐息で全身に鳥肌が立つ。湧き上がる腰の疼《うず》きに堪えられず、一瞬強く目を閉じる。

「——怖くはありません」

そう言いながら、声はどうしようもなく上擦《うわず》る。

「だったら、どうして逃げる」

間近での問いに再び開いた目を逸らすことができず、野城は軽く唇を噛み締める。

「最初に言ったように、合意でないセックスをする趣味はない。だから高久がどうしても嫌だと言うなら、無理強《じ》いしない。だが、二七歳にもなって童貞《どうてい》では、いざとなったときに困ると思わないか」

不安そうな野城に言い聞かせるように、大澤は巧みに片方の手だけでズボンのベルトを外しファスナーを下ろしながら、言葉でも巧みに野城の説得に乗り出していた。

「……どうして俺が二七歳だって、知っているんですか」

突然過ぎる展開に、わけがわからなくなりかかっていたが、大澤の言葉で正気に戻る。

野城が名前を口にするまで、自分が誰かを知らなかったのに、どうして年齢を知っているのか。瞬間的に大澤に対する警戒心《けいかいしん》が生まれた。

「当てずっぽうで言ったのに、当たったのか？」

笑いながら、大澤は野城の下半身を解放する。

これまで生きてきた二七年の間、野城は女性と関わりなく過ごしてきた。もちろん、まるで性欲がなかったわけではない。自慰をしながら、気になった女性の裸体《らたい》を想像したこともある。学生時代から現在まで、もてないわけでもなかった。言い寄ってくる女性や、それこそ、大澤に綺麗だと称された顔のせいで、男からも告白されたことはある。

しかし誰に対しても、野城は強い感情を向けることができなかった。本気の気持ちを与えることも、与えられることもできない。

野城の父は、飛行機事故で死亡している。それも、野城の目の前で。父は息子を庇《かば》ったのだ。

母は物心つくよりも前に、病気で他界している。

兄弟や他の家族を持たない野城にとって、父親はたった一人の肉親であり、大好きな人だった。

そんな、大好きな相手が、ある日突然いなくなってしまう現実を幼い時期に突きつけられてから、他人に対し、必要以上の関心や興味を持たないようになってしまった。

正確には、持てなくなってしまったのだ。

好きになった相手が、自分の前から消えてしまうことを恐れている。だから、好きになる以前の段階で、無意識のうちに誰も好きにならないようにしてしまう。

好きにならなければ、失う悲しみも知らずに済む。

けれど、気持ちと体の問題は今、別のところにある。

大澤という人間に対し、優秀なパイロットとして尊敬の気持ちは抱いていても、個人的な感情は存在していない。だから、このまま体の関係を持ってしまっても、何も問題は生じない。

残るのは、セックスしたという事実だけだ。

問われてからこれまでかかってやっと、ある程度まで妥協《だきょう》できる考えを持った。酔っ払った状態の上に、冷静な理性による判断ではない。他人とセックスするために、ここまで自分の中で理由づけしなければならないことに、情けなさも覚えている。

けれどその感情に一切目を閉じて、このまま自分の体の正直な欲望に走ってしまいたい。

「教えてください。セックスを、俺に」

大澤の胸にしがみつく。

自分がこれだけ甘えた声を出せることを、知らずにいた。どこか他人の行為を覗いているような、そんな不思議な気持ちになる。かえってそれがありがたい。自分でないなら、どんなことだって言える。どんなことだって、できる。

「連れていってください、天国に」

潤《うる》んだ瞳を向けると、大澤は唇に甘いキスを落とし、含み笑いをする。

「下手をして、地獄に連れていってしまったらどうする?」

シャツのボタンを外しながら、大澤は楽しそうに野城の反応を待っていた。

「それはそれで、一興《いっきょう》かもしれないですね」

大澤に合わせるように笑う。

下着を下ろされ、直《じか》に性器を他人の手で触れられる。

「あ……っ」

他人の手の感覚に、甲高《かんだか》くあられもない声が上がる。

「足を開け」

言われるままに足を上げ、体を捩《よじ》る。目の前には男のものが下がっていた。自分からそれにそっと舌を伸ばすと大きく脈動《みゃくどう》した。大澤が感じていると思うだけで、野城も煽られる。さらに舌全体で刺激してがむしゃらに嘗める。やがてそこから放出される生命の源《みなもと》をすべて飲み干す。

「ん……ぐ……っ」

「大丈夫か?」

優しい声とともに、大きな手が顔にかかり、ゆっくり上向きにされる。

細められた瞳に見つめられると、それだけで腰の奥が疼く。

「美味しいです」

消えそうに小さい声ながらそう告げると、大澤は口の端に笑みを浮かべ、野城の下肢《かし》に手を伸ばす。

「あ…ああ……」

巧みな手技に翻弄《ほんろう》され、一気に高まっていく。

「我慢せずに出せばいい」

優しく淫《みだ》らに誘う声に腰が揺れる。

「大澤さ、ん……」

苦《にが》みを持ったそれを美味しいと言い、自ら腰を振って、男の手に扱《しご》かれる。

射精してはすぐに昂《たか》められ、それこそ天国へ導かれ、次に地獄へ落ちた瞬間、再び高みへと連れ去られる。内腿を嘗められ、嚙まれ、胸の突起を摘《つま》まれる。

やがて男の親指は、腰の奥に潜《ひそ》む場所へと伸びていく。

「や……っ」

体内で生まれる感覚に声が上がる。

「体の力を抜くんだ」

大澤はその周囲を刺激し、固く閉ざされた場所を爪で弾いてくる。くすぐったさと不思議な痒《かゆ》みを持った刺激に、腰が大きく上がった。

「じっとして」

窘《たしな》められて、笑う。

あれは、誰だと、野城は思った。自分でも触れない場所を嘗められるたびに声を上げ、初めて会った男の顔を腿《もも》の間に挟んでいる。

男の指は周囲を刺激し、徐々にその中心へと至《いた》り、やがてこじ開けるように中へと進入していく。渇いた場所へ潤《うるお》いを与えるべく、大澤は飲みかけのブランデーを口に含み、直接口から注いだ。

「……冷たい」

「口で飲むより直接ここで吸収する方が、酔いは早いんだ」

大澤は野城の反応に満足して、再びブランデーを口に含み、同じ場所へと吐き出した。

「……なんか……変」

ぬめりを利用して大澤の長い指が中を引っかくようにすると、野城は体を捩った。

「ここがいいのか。それとも、こっちか」

慣れた男の指は的確に、野城の弱い場所を探し当て刺激してくる。

「全部、全部……いい。もっと」

頭が白濁《はくだく》していく。激しい渇きを覚え、もっととねだる。何が欲しいのかわからなかったが、何かが欲しいのは確かだった。

「もう少し慣らさないと、傷ついてしまう。無理をしたら、苦しいのは高久だ」

「それでもいい……痛くてもいいから……っ」

大澤は野城の汗ばむ額を覆う髪を指で梳《す》き、熱い吐息混じりに宥《なだ》める。しかし堪《こら》えられない熱い塊《かたまり》を体の内側に抱えた野城は、強く首を左右に振り、煽るような言葉を口にした。

大澤のものへと手を伸ばし、自ら広く足を開く。

セックスは初めてでも、体がより良い方法を自ら模索《もさく》していく。諦めたように大澤が挿入《そうにゅう》する姿を見て、体温が軽く二度ぐらい上昇した気がした。

「地獄かもしれないな……」

大澤は唇の端でふっと笑い、猛《たけ》る己《おのれ》を野城の、まだ完全には開ききっていない場所をさらに穿つ。そして、体を固くする野城に気づきそこで一度動きを止めた。

「痛っ、痛い……大、澤さんっ」

予想以上の熱さと痛みに、野城は大きな声を上げる。目の前が赤く染まり、喉の奥が乾き、急激な息苦しさを覚えた。

「高久。息を呑んだら駄目だ」

優しく深呼吸を促し、タイミングを計って、少しずつ狭い体の中へと己を含ませていく。

自ら求めておきながら逃げ腰になる野城の体を、大澤はソファの背中に押しつけ、己のものを深くまで挿入してくる。

「や……無、理……っ」

信じられないほどの圧迫感に、野城は強く首を左右に振る。

「目を開けて俺を見ろ。それから息を止めずに、体の力を抜くんだ」

それまで余裕の感じられていた大澤の言葉に、微かな焦《あせ》りが混ざる。

大澤は野城の萎《な》えているものに手を伸ばし、先端に指を立て、根元までを扱いてきた。さらに上半身を深く折り曲げ、首筋から胸、そして唇までキスの雨を降らせると、ようやく野城の体から力が抜ける。

「……どうだ?」

「今の、気持ち……いい、かも」

大澤の問いに、うわごとのような言葉を漏《も》らす。前への刺激で、野城の心に少しだけゆとりが生まれる。その瞬間をついて、大澤は強く己の腰を動かし、奥までの挿入を果たす。

「あ、ああ……っ」

隙間のないほど肌と肌が触れ合った状態で口づけされ、野城は声にならない声を上げる。

足の間、腰の奥深くに、自分ではない鼓動《こどう》を感じる。大澤が体内にいるというリアルな感覚が伝わってくる。

「変な感じが、そのうちきっと、快感に変わる。いや、俺が変えてやる」

大澤は自信満々に言うと、野城の頬にキスを落として、ゆっくりと腰を使い始める。野城の体を気遣い、最初はゆっくりと窺《うかが》うように、そして体内の奥深くまでを抉《えぐ》るように。まとわりついている内壁《ないへき》の動きを感じながら、小刻みに振動させると野城の喉から短い声が上がる。

「ん……」

喘《あえ》ぎなのか、ただ生理的な反応で、声が零れているだけなのか。もはや蕩《とろ》けきった頭では自分で自分がどんな言葉を発しているのかわからない。

それでもただひたすら、激しく、そして強く押し上げられる感覚に置いていかれないよう、必死についていく。支えるものを求めて大澤の肩へと手を伸ばし、唇を噛む。

体の奥を突かれるたびに、何かがどろどろと音を立てて蕩けていくようだった。

細胞が溶け、体の外へと流れ出すような、言葉では言い表せない、得体の知れない感覚だ。

「は、はあ……大澤さ、ん。……んん」

昇《のぼ》りつめていくのがわかる。辿り着く先が、天国だと知っている。

大澤の操縦で、自分という飛行機は初めて雄大な空へと飛び立つ。十分な力を蓄《たくわ》え、スムーズに滑走路を走り――そして。

「あっ……ああ……っ」

テイクオフした瞬間に訪れるような浮遊《ふゆう》感が、全身を襲う。

「くっ」

野城の声に続いて短く呻《うめ》いた大澤は、小刻みに痙攣《けいれん》する。直後、二人をひとつに繋いでいたものが、その存在をなくしていく。野城は体内に染み渡る液体を感じ、大澤が射精したことを知る。これがセックスなのだと、頭の中で実感する。

「高久……」

甘い囁きに導かれ、荒い呼吸をしながら、自分の名前を呼ぶ男の顔を見つめる。茶色がかった瞳には、自分の姿が映し出されている。

「あ……」

「天国へ行けたか」

大きな手に、優しく頬を撫でられる。その大きな手の感触は、記憶の彼方《かなた》に残る父の優しさを思わせる。掌《てのひら》の温もりが、野城を夢の中へと導いていく。

やがてどこからどこまでが現実で、夢かがわからなくなっていた。

深い深い眠りから目を覚ましたとき、野城は自分がどこにいるのか、わからなかった。

ただ、激しい疲労感、そして倦怠感《けんたい》が全身に残っていた。そして、パジャマの上だけを羽織《はお》り下半身は何も身に着けていない状態で、男の腕の中で眠っていたのだ。

「何があった？」

野城は混乱する頭のまま男の腕から逃れ、ゆっくりベッドの中で起き上がる。微かに頭を動かしただけで、激しい痛みが襲ってきた。

「な、んだ、これ」

息がアルコール臭《くさ》い。自分だけではない。全身酒まみれだ。想像するに、明け方まで飲み、酔って醜態《しゅうたい》を晒《さら》し、横で眠っている男に介抱《かいほう》でもしてもらったというのが、妥当《だとう》な線だろう。

野城は眠っている男の顔を、ベッドを這《は》いずって改めて確認する。

見慣れない男だが、眠っていても、彫りの深い顔をした二枚目だということはわかる。朝日に当たり、金色に透ける髪の毛が印象的だった。微かに残っている記憶を辿ると、一人の男に行き着く。

昨夜の歓迎会主賓である、大澤健吾だ。

(どうして?)

昨夜初めて会った相手だ。そんな男と、どうして二人でベッドに寝ているのか。必死に記憶を遡《さかのぼ》らせ、少しずつ戻ってくる記憶の中で、歓迎会のあと飲み直すと言って彼の部屋までやってきたことまで思い出す。

「そうだ……それで」

酔って調子づいた野城は、無性に人肌が気持ち良くて大澤の体にべたべた触った。

不意に蘇った記憶に、着ているパジャマのボタンを慌《あわ》てて外し、己の胸を覗き込む。そして、全身に散らばっている、痣《あざ》を見つける。ほんのり赤い痕《あと》から、濃い紫色まで、特に乳首の辺りと太腿《ふともも》の内側を重点に、濃い痕があった。

「……もしかして」

はっきりとは思い出せない。しかし、自分からせがんでキスをしたことは、覚えている。初めて経験した激しいディープキスに、脳天まで蕩けそうになった。

店にいた段階で、大澤は自分はゲイだと匂《にお》わせている。

「キスをして、それから何をやった? 何を……言った?」

全身に残るだるさ。初めて経験する下半身の激しい痛み。それらがなぜ生じているか、明確な知識はなくても、容易に想像できてしまう。さらにはその想像が想像ではなく現実のことだと証明するかのように、信じられない場所から、内腿《うちもも》へ白い液体が零れ落ちてくる。

「嘘、だ……」

現実を認識しよう。そう思って動転しそうになる気持ちを落ち着かすべく、野城は軽い深呼吸をする。そして口元に手をやり、もう片方の手で自分の体を抱き締める。

「もう起きていたのか。ずいぶん早起きだな」

そのセクシーな声に、野城は全身を凍りつかせた。

ベッドでばたばたしたせいだろう。眠っていた大澤が目を覚ます。

「どうした。何をそんなに体を強張らせている？」

自分に向かって伸びてくる手に、野城は怯《おび》えるように両目を閉じる。

「高久」

「名前でなんて呼ばないでくださいっ」

優しく語尾の掠れる男の声に、覚えがあった。昨夜耳元で、ずっと囁かれていた。脳裏に断片的な痴態《ちたい》が蘇る。

「どうした。何があった」

「それを聞きたいのは、俺の方です」

喉を振り絞《しぼ》るように、必死に叫ぶ。

「酔っていて失礼なことをしたかもしれません。でもそんな酔っ払った俺に、貴方《あなた》はいったい、何をしたんですか」

ゲイだと公言したに等しい大澤の肌に執拗なほどに自分から触れ、キスを求めた。それを考えれば、一方的に大澤だけが悪いわけではないかもしれない。でも、記憶のすべてが残っていない以上、確認せずにはいられない。

「セックス。この状況を見て、他に何を思いつく。プロレスか？」

違っていてほしい。思いすごしであってほしい。夢であってほしい。そう願っていた野城に、大澤はあまりに残酷な現実を、言葉でもって突きつけてくる。

「……っ」

動揺している野城を揶揄するように言った大澤は、煙草に火を点けた。白い煙が天井へ向かってゆらりと上っていく様を見ながら、野城は煙草の吸い方を教えてもらったことも思い出した。

唇の端を吊り上げた、独特な笑みと片方の眉を上げた冷ややかな視線が、野城を嘲笑《あざわら》っている。この様子から、自分が男に何を喋ったのかわかってしまった。

これまで女性とキスすらしていなかったこと、二七歳になる今まで、童貞であること。でもそれを自分から言ったら駄目だ。

「……すべては酔ったうえでのことで、俺は何も覚えていません。大澤さんには失礼なことの数々をしているかもしれませんが、なにぶん酔いの席での出来事ということで、忘れていただけませんか」

野城は全身に広がっていく羞恥を堪え、必死に頭に浮かぶ言葉を繋ぎ合わせ、とにかく頭を下げる。本来、謝るのは自分ではなく大澤の方だ。そう思いながらも、この場を逃げるためには、先に謝った方が早いと、咄嗟にそう判断した。

「何も覚えていないというのか」

「はい。お恥ずかしい話ですが」

半分は、本当。半分は、嘘だ。

酔った勢いでセックスを教えてくれと言ったのは覚えている。そして、唇が肌を這った感触も、肌に残っている。

内腿から流れ出るものが、何をしたかの決定的な証拠となっている。でもそれらから目を逸らすことにした。

すべて忘れなければならない。酔ったうえでの過《あやま》ちに過ぎない。深く考えることは無意味だ。

懸命に自分に言い聞かせる。

「それなら、仕方ないな」

どんな言いがかりをつけてくるかと思っていたが、予想に反し、大澤はあっさりと引いた。

野城が驚いて顔を上げ、礼を言おうと口を開きかけたところで、大澤は吸っていた煙草を指の間に挟むと、その手で野城の首元を掴み、頬から数ミリの場所に、赤く燃える煙草の先端を近づけてきた。

「酔っていない状態で、もう一度同じことをするまでだ」

「何を、するんですか」

横目でその煙草の行方《ゆくえ》を見つめながら、野城は冷静さを装《よそお》い、震える声で問う。

大澤は野城の体を背後から羽交《はが》い締めにするようにすると、耳元に低い声で囁きを漏らす。

「暴れると、綺麗な頬に火傷《やけど》の痕ができるぞ」

背筋が震えるほど艶を含んだ声に、体の中に静まっていた何かが目を覚ます。

「昨夜はあれだけ素直だったのに、今さら、覚えていないはないだろう。言っておくが、先に煽って誘ったのは、高久、お前だ。俺が無理強いしたんじゃない。それを忘れるな」

呼び捨てにされる名前。煙草の火はそのままに、大澤は足で野城の腰を巧みに挟み込み、自由になる手で露《あらわ》になった場所へ手を伸ばしてくる。萎えていたはずなのに、外気に触れ大澤の低い声で囁かれるたび、全身が震え、血液が触れられた場所へと集中していく。

「…大澤さん」

喉が震え、舌が震えた。記憶にはなくても、肌が大澤を覚えている。執拗なまでに責められ、愛撫され、抱擁《ほうよう》された。男を含んで喘いだ喉は、声を発するたびに痛む。

そして腰は、すでに与えられることを待って、痛みを覚えながらも、哀しいぐらいにあさましい収縮を繰り返し、中を探ろうとする男の指を受け入れている。

「痛い……」

「そう言いながら、こんなに俺の指を締めつけているのは、誰だ？ 男と寝たのは初めてだろうに、すでにイイ場所がわかっているじゃないか。まったく、育て甲斐《がい》のある体だ。抱かれてよがった以上は、俺だけのせいにはできないだろう。お前の体の中は、俺が放ったものでこんなに濡れている。高久が自分から望まなければ、こんなものが残るわけはないと思わないか」

水分を含んだ場所が立てるいやらしい音と大澤の声が、複雑に絡み合って、野城の心の奥の奥までゆっくりと落ちていく。

同時に昨夜の情事が蘇ってくる。

鮮烈で濃厚な、一夜。

「嫌だというのなら、今後は無理に誘ったりはしない。でも、もし抱いて欲しいなら、自分から来るといい。俺はいつでも、部屋の鍵を開けて高久が来るのを待っている」

大澤は野城をいたぶり昂めながら、不意に体を解放し思わせぶりに笑い、手を伸ばしてきた。

野城は目の前に差し伸べられた手と、大澤の顔を交互に見つめた。

すべて、野城に任されている。

大澤の狡《ずる》さと比べてあまりに幼《おさな》すぎる野城は、恨《うら》みがましい目を相手に向けることしかできなかった。

五月の――出来事だった。

クライム――上昇

新千歳《しんちとせ》空港を定時に出発した日本スターエアライン六四便は、順調な飛行を続けていた。二階席に位置するコックピットからは穏やかな青い空と、ふわふわと浮かぶところどころ綿菓子《わた》のような白い雲が臨める。

夏の空とは違い、本格的な冬の到来を目の前にする一一月の空には雄大な雲が少なく、遠くまで澄み渡り、西の遠い空は夕焼けに染まり、微かに赤らんで見える。

「綺麗だ……」

椅子から中腰《ちゅうごし》になりながら外を眺めていた野城は、胸に沸《わ》き上がった感想を、素直に言葉にしていた。

「何を今さら、初めて飛行機に乗った子どものようなことを言っているんだ」

野城の声に、コックピットの機長席であるレフトシートに座っていた江崎は、おかしそうに笑った。

「コックピットから眺める空なんて、もう見飽きただろうに」

「確かにトリプルセブンのコックピットの副操縦士席からは、何度も見ています。でもダッシュ四〇〇のコックピットのライトシートからこうやって空を眺めるのは、今日が初めてです」

野城がムキになって反論すると、江崎は「同じだろうに」と返してくる。

「いえ、違います」

野城は大きく首を左右に振った。普段、きついと言われる大きな二重の目だが、江崎と話をしていると、穏やかな目つきになる。

「トリプルセブンのコックピットから見える空は、トリプルセブンからしか見えませんし、ダッシュ四〇〇から見える空は、ダッシュ四〇〇からしか見られません」

札幌《さっぽろ》を離陸したばかりの頃はものすごく緊張していた野城だったが、羽田が近づいてきてようやく、辺りを見回す余裕ができていた。

「そんなものかね」

曖昧にその言葉を流した江崎は、息子同様に育てた野城を優しい瞳で眺める。

「若いときには、私達も同じように思ってましたよ、江崎機長」

後部座席にいた四〇代前半の、機長である白井《しらい》が野城の言葉をフォローする。

「きっとレフトシートとライトシートでは、見える空がまた違うんですよ」

まさにその通りであると、野城は白井を振り返って大きく頷いた。

現在日本の空を飛ぶ主力飛行機のほとんどは、二人のパイロットによって操縦される。

通常、レフトシートと呼ばれる左側の席に機長が座り、実際の操縦を担当し、通常PFという。そして、右側の席には機長をサポートする人間が座る。時と場合によって、副操縦士資格を持つ者だけではなく、機長資格を所有している者が座ることもある。この右側の席に座る人間はPNFと呼ぶ。

アメリカダーイング社の最高傑作である、ダーイング七四七―四〇〇、「ダッシュ四〇〇」は、「ジャンボジェット」として人々には親しまれている。全長七〇・七メートル、全幅六四・六メートル、全高一九・四メートル、総重量四〇〇トンという巨大なアルミ合金《ごうきん》の塊は、五〇〇人以上の人間を乗せることができる。

野城が現在ライトシートに座っている札幌―東京便は、このダッシュ四〇〇を使用する路線である。

まだダッシュ四〇〇旅客機の副操縦士審査を通っていない野城は、新しい機種の操縦士資格取得のため、コックピット席の後ろに備《そな》えられた席に座り、実際の航路の操縦を観察して勉強をする「オブザーブ」という立場で乗務していた。

ハイテク機であるトリプルセブンとダッシュ四〇〇の大きな違いは、乗客数とエンジンの数にある。トリプルセブンが二つのエンジンで飛ぶところを、ダッシュ四〇〇の大きな翼には、エンジンが左右二つずつ備えられている。

けれど今回は特別、この機に乗務していた江崎と白井の厚意《こうい》により、野城は往路《おうろ》便は後部座席に座っていたのだが、復路便においてライトシートに座ることを許された。

穏やかな飛行を続けている間に、キャビンアテンダントがドリンクサービスをしてくれる。

かつてはスチュワーデスやスチュワードと呼ばれていた客室乗務員の呼称《こしょう》を、日スタではキャビンアテンダント、もしくはCAとした。

「相変わらずキャビンスタッフの女性は、綺麗な人が多いね」

白井がコーヒーを飲みながらしみじみ言うと、江崎は頷いて野城に目を向ける。

「高久くんぐらい、若くて格好良ければ、大澤くんほどではないだろうが、相当もてるだろう。彼女の一人や二人、いないのか?」

「大澤さんとは違います。俺はまだまだ、仕事で精いっぱいで」

不意に挙がった男の名前に、野城は体を震わせながらも、そつなく応じる。

「彼は相変わらず派手ですね。この間も、大森辺りでキャビンアテンダントの女性を連れて歩いていましたよ。うちに来てまだ半年しか経ってないのに、ずいぶん色々な方面で有名なようです。まあ、あれだけの技術と才能がある男前の独身を、放っておくわけがないですけれど」

江崎の言葉に応じて、白井が笑顔で話を続ける。

話が妙な方向に進む前に、野城はチェックリストを手に持って、着陸態勢に備えた。

横にいる江崎に気づかれないように小さな深呼吸をして、頭の中に浮かんだ男の顔を消す。

パイロットのチェックはコールアウト、つまり口に出しての確認が基本となる。二人乗務している操縦士の、どちらかが言ったことを、必ずもう片方がチェックするのだ。

「では、ランディングブリーフィングを行います」

一通りの作業を終えると、江崎が宣言する。ブリーフィングとは、様々な飛行状況で行われる、説明と確認作業である。ランディングブリーフィングでは、着陸のための確認を行う。どれだけ慣れた路線の操縦でも、ブリーフィングと様々なチェックは、欠《か》かしてはならない。安全神話とまで言われるジャンボジェットでも、事故が起こる可能性は、離着陸の間がダントツに高い。どれだけベテラン操縦士でも、離着陸のときは毎回緊張するし、飛行条件もそのときどきで、変化する。だからこそ、しつこいほどに繰り返されるチェックが必要とされる。

「羽田はＩＬＳ・ランウェイ三四Ｌ（リーマ）アプローチ。風は三〇〇度のヘッドで、八ノット。ランディングフラップはサーティー…」

淀《よど》みなく出てくる江崎の言葉を細かく確認しながら、頭の中へとそれらを詰め込んでいく。

これから着陸予定の羽田東京国際空港には、滑走路（ランウェイ）が三本ある。三四〇度方向へ向いている、左側の滑走路が三四Ｌ。飛行機では通常の連絡に無線を用《もち》いるが、音が聞き取りにくいために、数字やアルファベット一語を、独特な言い方をする。Ｌをリーマというのも、そのひとつである。

基本的に目視《もくし》による着陸方式ではなく、計器による着陸方式であるＩＬＳ進入方式を取る。天候が多少悪かろうと着陸できる方法で、大型旅客機のほとんどの着陸に用いられている。

「ミスドアプローチした場合は、イニシャルはフォロー・ミスド・アプローチ・コースでスタンバイ・インテンション。ゴーアラウンドした場合は一五〇〇フィートのレフトハンド・ダウンウィンドに入って、ランディングします。以上です。何か質問は」

「ありません」

ほんの僅かでも着陸を失敗する可能性があれば、パイロットは着陸を中止する。

ミスドアプローチとは、最後の着陸態勢に入る前の段階で、気象条件により滑走路が目で確認できないときに、上空で待機する方法だ。降下《こうか》し滑走路進入中に、着陸するか否《いな》かを決めるディシジョンハイト（決心高度）で、滑走路に障害物があったり、なんらかの原因で滑走路を確認できないときは、即刻着陸を中止し、再度着陸をやり直すために上昇するこれを、ゴーアラウンドという。

トリプルセブンに乗務しているときに、野城はどちらも実際に何度か経験している。

日本の空港は海に面して作られていることが多く、海霧《かいむ》と呼ばれる霧《きり》が発生して滑走路が見えなくなる現象が起きやすい。また雨や雪で、予定の空港に着陸できず、他の空港へ代わりに着陸することも起きる。

レフトシートに座っている江崎は、後部座席にいる白井と一緒に、懸命な野城の姿をにやにや笑いながら見つめている。彼らの視線に多少やりにくさを感じながらも、野城は管制塔《かんせいとう》に現在の高度位置と自分の機の番号を知らせる。

『日スタ・シックス・フォー、東京アプローチ、ラジャー。レーダー・コンタクト……』

江崎はすぐに戻ってきた管制の連絡を聞いたことの確認に親指を立て、ふむふむと頷いた。

「やはり松橋《まつはし》くんの言葉ははっきりしていて、聞きやすいね」

「そうですね。私もいつも思います」

後部座席にいた白井まで、しみじみ応じる。

松橋とは、羽田の管制塔に勤務する航空管制官の名前だ。そして、たった今、野城の連絡に応じた声の持ち主である。

「さすがに、わかりますか。松橋さんの声だと」

「もちろんだよ。他の管制官の声ならともかく、松橋くんは特別だろう」

驚きの声を上げる野城に、江崎は窘めるように言う。

羽田の管制塔にいる、航空管制官の松橋祐《ゆう》は、その聞き取りやすく美しい声、そして的確な空間認識と判断能力と指示から、諸外国のパイロットからも密かな人気を誇る。さらに、実際の容姿を知る人間の間では、『管制塔のラプンツェル』などという異名《いみょう》まである。

その呼び名を聞いたとき、目眩《めまい》がしそうになった。

確かに野城も無線を通じ初めて松橋の声を聞いたとき、感動した。他の管制官と比べて、発音やイントネーションが段違いにわかりやすいのだ。だから、その意味で称えるのはわかる。でも、相手は男性だ。パイロットの多くは、ロマンティストだとしても、さすがにどうかと思う。

まだ副操縦士として飛び始めて間もない頃この話を中山にしたら、どこから情報を仕入れてくるのか、ラプンツェルの由来を説明してくれた。

要は、ラプンツェルが塔の上から髪を垂《た》らして王子を上らせようとした元の話から、髪の部分を松橋の声、そして王子を飛行機にたとえているらしい。

実際の松橋は、年齢は三四歳でバツイチの経験を持ちながら、美しい声を上回る美しい容姿の持ち主だから、また驚きだった。かつては、ラプンツェルのように長い髪を三つ編みにしていたという話を小耳《こみみ》に挟んで、さらに野城は絶句した。

「高久くん。準備は大丈夫か？」

野城が松橋のことを思い出しているうちに、飛行機は降下を始めていた。江崎の言葉で、野城は急いでキャビンへ、シートベルト着用するようサインを送った。

やがて松橋の通る声が、レーダーによる最終誘導を始めると伝えて、さらに管制担当の変更を連絡する。松橋の担当区域が終了すると、すぐ次の担当管制からの声が聞こえてきた。

「松橋くんの声が聞けるのはここまでか。また彼の声が聞けるのを楽しみにしていよう」

江崎にはすばやく着陸に備えながらも、半分冗談で笑う余裕があるが、野城は目の前の課題を片づけるので精いっぱいだった。ただでさえ緊張する着陸だ。そのうえ、野城が今日乗務している機は、札幌－東京便。

心の中に埋め込まれた幼い記憶が、羽田が近づくにつれ次第に蘇ってくる。

そして最終のチェックが、江崎から要求される。野城の気持ちはさらに引き締まり、微かに震える声でチェックリストを読み上げる。

「スタート・スイッチィズ……」

「大丈夫だよ、高久くん」

野城の頼りない言葉を励《はげ》ますように、江崎ははっきりした口調で応じていく。

「はい、わかっています」

心配そうに自分の顔を確認する江崎に向かって頷きながらも、野城の気持ちは落ち着かない。

「ランウェイ・インサイト」

薄暗くなった中に、照明を施《ほどこ》されたまっすぐ伸びる滑走路を見つけて、野城はコールアウトする。全身に走る緊張を堪え、管制塔へ連絡を取る。

『クリアード・ツー・ランディング』

着陸承認を確認し、野城は必死になって計器を見つめる。

「アプローチング・ミニマム」

「チェックト」

「ミニマム」

野城が着陸決心高度に達したことを知らせると、間髪入れず、江崎は「ランディング」と返答した。

コックピットの目前、徐々に滑走路が近づいてくる。軽い無重力状態を味わい、やがて機体のタイヤはスムーズに滑走路へと接し、轟音《ごうおん》を立てる。江崎はスラストレバーの操作をし、機体はノーマルスピードまで落ちていく。

「着いた……」

夕焼けで赤く染まる空の中、微かにともされた照明の中へ降り立つダッシュ四〇〇の青いラインをマーキングされた姿は、さぞかし美しいだろう。その姿を想像しながら、野城は思わず安堵《あんど》の言葉を漏らし、全身に漲《みなぎ》らせていた緊張を解《と》いた。

「まだ着いたなんて安心してはいけない。飛行機は、スポットにランプインしてパーキングの状態にするまで、完全に着陸を終えていないのだから」

即座に後部にいた白井に窘められる。野城は脱力した肩に再び力を入れて姿勢を正す。

「す、みません」

指定された誘導路に応じて飛行機を移動させると、マーシャラーと呼ばれる誘導員が、日スタ六四便をスポットまで誘導する。空港の地上作業を総称するグランドハンドリングのうちのひとつで、マーシャリングという。この技術にも上手い下手はあり、わかりやすい人の作業は、見ていて気持ちがいい。日スタでは、このグランドハンドリング作業はすべて、関連会社である日本スター事業株式会社に委託《いたく》している。

江崎はマーシャラーの合図により、飛行機を前進させ、その指示により停止させる。

「ああ、今日は田中《たなか》くんだね」

「マーシャラーの名前まで覚えていらっしゃるんですか」

同じ会社のパイロットだけでなく、関連作業をしている人間の名前まで覚えている江崎は、本当に上司として見事なまでの人柄と記憶力を兼《か》ね備えている。

江崎が田中と呼んだマーシャラーの手の動きはわかりやすいが、だからと言って名前と一致させるのは、簡単なことではない。しかし野城の問いに、江崎は「もちろん」と応じる。

「彼の動きはいいからね。それに、何度か顔を合わせたこともある」

「そうなんですか」

マーシャリングを終えて他の持ち場へと消えていく、キャップを目深《まぶか》に被《かぶ》りサングラスをかけた作業服の男の後ろ姿を、野城は目で追った。遠目にはっきりは見えないが、しっかりした骨格に、長身の持ち主だということはわかる。身のこなしを見ているかぎり、かなり若そうだ。

パーキングに関する作業を終え、やがてキャビンから連絡が入る。

『お客様はすべて降機《こうき》を完了いたしました。キャビンに異常はありません』

「了解。お疲れさまでした」

江崎はチーフパーサーに応じ、最終チェックを確認する。時間は予定通り、六時二〇分を回ったところだった。

「お疲れさまです。何かスコークがありましたか？」

コックピットの扉が開き、作業服姿の整備士が書類を手に、入ってくる。長身で神経質そうな顔でやけに若く見える彼は、名札に「菊《きく》田明《たあきら》」と名前があった。

スコークとは不具合の意味である。

「シップコンディションはオール・ノーマル。ノースコーク。何も問題はありません」

江崎と目が合って、野城も頷く。

「さて、最後の一仕事だ。忘れ物のないように」

ヘッドセットと手袋を外し、ステイバッグの中へしまう。飛行機を降り整備士やグランドハンドリングマンに挨拶をすると、先ほどのマーシャラーが別の機体のそばで仕事をしているのが見えた。

「田中さんは、どのぐらいの年齢なんですか?」

思わず野城が先を歩く江崎に尋《たず》ねると、彼は白井に尋ねる。

「何歳だったかな」

「私が聞いたところによると、まだ三〇歳になっていないらしいですよ」

「まだお若いんですね」

とかく航空業界では、資格と経験を必要とする作業が多い。それゆえ三〇歳前後だと、まだまだ下っ端《ぱ》、若輩者《じゃくはいもの》という印象がある。操縦士はいい例だが、おそらくグランド作業をする彼らも、同じような状況だろう。

これまで操縦していた飛行機は、最後にもう一度札幌までのフライトが残っている。待機時間は、一時間足らず。その僅かな間に、様々な人が機内清掃を行い、燃料補給をし貨物を積み入れていく。

ボーディングブリッジから地上を眺め、夜の闇へと落ちていく中で作業をする人々へ、野城は帽子を取って軽く頭を下げた。


野城は江崎や白井と共に、羽田空港のすぐ近くにある、日スタ本社へ向かう。そして、五階のフライトコントロールセンター内にある、飛行機の運行管理を行い、飛行計画書の一切を作成する運航管理室（ディスパッチャールーム）に、飛行の報告書を提出するのだ。

「お疲れさまでした」

中に入ったカウンターでは、ディスパッチャーの菅谷靖彦《すがややすひこ》が、笑顔で迎えてくれる。気象予報士の資格を持つ菅谷の天気予報は、九〇パーセント以上の確率で当たるため、日スタお天気番として、その名を馳《は》せている。

「今日は野城くんはオブザーブだったんですね」

江崎から渡された報告書を確認しながら、菅谷は眼鏡をかけた生真面目《きまじめ》そうな顔を野城に向ける。

「特に問題となることはなかったようですね。ここの風は……」

次のフライトの状況を確認するため、細かいチェックをして、フライトのすべてが終了する。

「今日はどうもありがとうございました。色々と勉強をさせていただきました」

報告書を提出し終えると、野城は改めて江崎と白井に頭を下げる。その後白井は一人先に帰っていく。

「高久くんも、ずいぶん操縦に慣れたようで、安心したよ。ダッシュ四〇〇もトリプルセブンと、そう違いはない。乗客が多く乗っている分、重くはなるがな」

江崎の言葉を聞いて、乗客の違いが一番大きいのだと思って、野城は苦笑いをする。

「そういえば、今月の一四日が……」

しばらく飛行機の操縦について話をしていたが、突然思い出したように、江崎はその日付を口にする。冬目前の一一月一四日は野城にとって、絶対忘れられない日だ。江崎の視線に応じて、儚《はかな》い笑みを浮かべる。

「はい。父の命日です」

そして同時に、日本国内において、最悪と言われる航空機事故が起きた日でもある。

「私はちょうど公休なんだ。妻と一緒に参《まい》らせていただきたいが、都合はどうだろうか」

「ぜひお願いします。江崎さんに来ていただければ、父も喜ぶと思います。奥様にもよろしくお伝えください」

野城は素直に礼を述べる。

飛行機事故は、一度起きるとその規模の大きさと悲惨《ひさん》さゆえに重大ニュースとなるが、自動車などに比べると、事故の起きる確率は非常に低い。統計から考えると、普通の人が航空機事故に遭《あ》う確率は、週に一度航空機を利用したとして、四〇〇〇年以上にたった一度だけだという。

しかしその確率に、野城の父は運悪くぶち当たってしまったのである。

二〇年前の、一一月一四日。利用航空会社は、全日本航空、東京発札幌行き。

今日のオブザーブ乗務で、当初の予定で野城は、ライトシートには往路便で座るはずだった。それを江崎が気を遣ってわざわざ復路便に変えてくれた。理由は、過去の事故。

着陸時の車輪故障《こしょう》で、機体は前のめりに滑走路へ速いスピードのまま突入。そしてブレーキの効《き》かなかった機体は炎上し、海へ半身を突っ込んで、ようやく停止した。

機種はダーイング七四七。デビューしたばかりの最新機である七四七－四〇〇は、この機種の改良機となる。

乗客、五二八人プラス乗務員一一人中、死者は機長を含めて二六〇人。半分以上の人間が助かりながら、パイロットではなく客として乗っていた野城の父は、その事故で命を失った。

同乗していた息子である野城を助けるように、父は体の上に覆《おお》い被さってきた。徐々に力が抜け、重くなってきたあの重みは、今も肩に残っている。

それから二年して、運輸省航空局と警視庁による合同捜査本部は、最終的な事故原因を、機長の判断ミスとした。機長の名前は、碓井康人《うすいやすと》。

疑問だったのは、当時すでに日スタの機長だった父が、なぜライバル会社の飛行機に乗っていたのか、だ。のちのニュースや噂で、碓井と航空大学時代に同期だったらしいことを聞いた。

野城の母は、すでに病でこの世を去っていた。まだ八歳になったばかりの野城は、そのあと父方の祖父母の元へ引き取られたが、中学生のときに二人が相次《あいつ》いで死亡すると、その後大学入学までの間、江崎に世話になった。

『君のお父さんには、本当に色々と教えて頂《いただ》いたから』

どうして血の繋がりのない自分の面倒を見てくれるのかと尋ねると、江崎は躊躇せずにそう言って、何かと相談に乗ってくれた。

江崎の他にも、日スタで現在操縦士を務める人の中には、野城の父に世話になった人が多い。操縦士としての父親の姿は知らないが、そういった評判を聞くかぎり、きっと今の江崎のように、人々から尊敬される、素晴らしいパイロットだったのだろう。

高校生になって航空機事故の原因の大半が人為《じんい》的ミスによることを知り、野城は人の手のいらない飛行機を作るための勉強をしてきた。大学で航空力学《りきがく》を学んでいたのも、そのためだ。

江崎にはその理由を話したことはなかったのだが、大学三年になって、進路を尋ねられたときに、初めて打ち明けた。

江崎は、パイロットという職業をある意味侮辱《ぶじょく》した野城の言葉に特に怒った様子も見せずに、穏やかな表情で口を開いた。『それは違うよ』と言って。

『ハイテク技術は進み、かつてパイロットは不要だという意見も出た。実際、離着陸操作も、コンピューターだけで制御できる部分は多い。航空機事故の原因の大半は、操縦士による操作ミスが圧倒的に多い。でもだからと言って、人間の力を必要としないわけではない』

江崎はさらに話を続ける。

『具体的にどんな場面で人間の力が必要か、説明することはできない。しかし、君も空に一度でも出ればきっと、それを実感すると思う。君のお父さんや私がどうしてパイロットになったか。大空を飛びたいと思う人間の憧れと共に、その理由について、一度考えてみてくれると嬉しい』

人間は古来から空を飛ぶことに憧れを抱いている。鳥のように自分の羽で大空を駆け巡ることができたら、どれだけ気持ちがいいだろうか。それは、野城も思う。

そして人間が鳥の代わりに作り出した空を飛ぶための乗り物は、大きなアルミ合金の固まりに過ぎない。

飛行機がなぜ空を飛ぶのか。なぜあれだけ大きな物が、空を飛べるのか。

その原理は結局、鳥が空を飛ぶ原理と同じで、飛行機の翼は鳥の羽を真似している。

野城は江崎の言葉を聞いて、改めて自分の進路を見つめ直した。

その言葉の意味することを、完全に理解したわけでない。しかし、人の力を要《よう》しない、完全なコンピューター制御による飛行機を作るのは、もう少し後になってからでもいいではないかと思うようになった。

つまり自分の体で空を飛ぶ感覚を味わい、どうして父がパイロットになったのかを知ってからでも遅くはない。

きっかけは些細《ささい》なことだった。それでも野城にとっては、それにより生じた気持ちの変化は、実に大きかった。

日スタにパイロットとして入社し厳しい訓練を受け、野城は飛行機を操縦するため、人間の力がどれだけ必要かを思い知った。突然起こりうる緊急事態に、ベテランパイロットは乗客の命を預かったまま、見事なまでの技術と経験でそれを乗り切っていく。

どれだけコンピューターが万能化しても、人間ほどの臨機応変な対応はできないことを、身をもって知った。

もちろんコンピューターには、ありとあらゆる状況を計算し予測し、それに対応できるプログラミングをしているが、予測できない突発事項が生じた場合は、完全に混乱する

人の命を背負うという責任感までは、コンピューターに搭載《とうさい》できない。

人間だからこそのミスは起こるが、責任感によって発揮《はっき》される底力は、人間にしか持ち得ない。それがプレッシャーとなり、何もできなくなる人もいるだろうが、機長という資格を取得するためには、操縦技術だけでなく、そういった人間性を持ち合わせていることが重要視されている。

エリートパイロットの姿を思い浮かべると、その典型的な男の姿が、即座に頭の中に見えて

くる。江崎ももちろんその一人ではあるが、その言葉によりふさわしい男を野城は知っている。

エリートだとわかっているが、それを素直に納得したくない気持ちもある。


「なあ、高久くん。帰りにうちに寄って行かないか。妻や娘たちも、高久くんに久しぶりに会いたがっている」

自分のメールボックスを確認しながら江崎に誘われる。江崎の言うとおり、久しく彼の家に顔を出していない。不義理の詫《わ》びも兼ねて、挨拶に行くべきだろうか。そんなことを考えているとディスパッチャールームに向かって賑《にぎ》やかな声が聞こえてくる。華やかなキャビンアテンダントを引き連れた中に、頭ひとつ背の高い男の姿があった。

「派手だね、大澤くんの周囲は」

江崎はその男が誰かいち早く認識して感心したように呟く。野城は慌てて顔を逸らし、壁一面に貼《は》られた天気図に目を向けた。

「江崎機長、こんにちは」

報告書を携《たずさ》えたパイロットスーツ姿の大澤は、江崎を前にすると帽子を取って深々と頭を下げる。袖には、彼が機長であることを示す、黄色の四本線がある。後ろには、野城の同期の中山もいて、野城を見つけると、無邪気な笑顔を作って小さく手を振ってくる。

「今日は国内便ですか?」

「定期路線ばかり四便をこなして、ついさっき札幌から戻ってきたところだ。野城くんがオブザーブで、復路便はライトシートを担当してもらった」

江崎は、話に加わらないように後ろを向いていた野城を、わざわざ引き戻す。

「そうですか。それはお疲れさまです」

普段から掠れがちの大澤の声は、仕事のあとのためか、いつもよりさらに掠れていた。少し疲れているようにも思える。

大澤は江崎に対し、当たり障《さわ》りのない応対をした。しかし野城にはどんな言葉や態度も引っかかってしまう。唇を噤《つぐ》んで目の前の男の顔をちらりと見つめると、その視線に気づいた大澤はあからさまに顔を逸らす。

「そうだ。今、高久くんを夕食に誘っていたところなんだよ。せっかくだから大澤くんも一緒にどうかな。ええと…中山くんもぜひ」

「え。俺もいいんですか」

ディスパッチャーにフライトを報告していた中山は、嬉しそうな顔で江崎に応じる。

「とてもありがたいお話ですが、今日は家でしなければならないことがありますので…」

しかし大澤は残念そうだ。

「それならまたの機会に飲みにでも行こう」

「今日は皆さんで楽しまれてください。それでは、失礼いたします」

帽子を取って軽く会釈《えしゃく》をすると、他の人間にはわからないようにさり気《げ》ない仕種で、大澤は野城を振り返って唇だけを動かす。それからスティバッグを持って、ディスパッチャールームを出ていく。

「中山くんは、今日は一日大澤くんと一緒のフライトだったのかな」

大澤の背中を目で追う野城の横で、江崎は中山に目を向けた。

「はい、そうです」

「彼との仕事はどうだね」

「大澤さんは厳しいところもありますが、とても的確な指示を与えてくださいますので、一緒に乗務すると、色々と勉強になります」

「それはよかった」

上司の問いに多少の緊張を覚えながらもはきはき答える中山の姿に、江崎は満足そうだ。江崎は自分が引き抜いてきたパイロットである大澤の評判を、まるで父親のように気にしてもいる。野城の友人の正直な意見は信用に値するのだろう。

「それに普段はとても優しい方ですし」

「……どうだか」

中山の言葉に反論するように野城が呟くと、江崎と中山は同時に、野城の顔を見つめた。

そばに江崎がいることを忘れていた。咄嗟《とっさ》にしまったと思うが、自分が漏らした言葉は、中山のみならず江崎の耳にまで届いていた。

「お前、本当に大澤さんのこと、嫌いだなあ」

中山は同期の言葉に特に驚いた様子もなく、呆れたように感想を述べる。でも江崎は眉間に皺を寄せ、首を傾げた。

「高久くんは、大澤くんのことをどう思っているのかな」

江崎の問いに、野城は肩を竦める。

「機長として立派な方だと思いますし、尊敬しています。あの人のように、自由に飛行機を操ることができるようになるのは、夢です。けれど、俺には納得できない部分が多すぎます」

「うん、まあお前の話を聞いてると、俺の知ってる大澤さんと同じ人かって、不思議になる言動があるのは確かだよな」

大澤に対して思っていることを正直に言うと、中山はそれに同意する。

「そんなに違うのか?」

江崎に聞かれ、中山は具体的に、野城に聞いた話を告げる。それを聞いて江崎は困惑《こんわく》した様子を見せる。

「大澤くんにかぎって、誰かに対して態度を変えることもないだろうと思っていたんだが、どうもそんな話を聞くと、特別高久くんに厳しいのかもしれないという気がする。あまり口調を荒らげない君が、そんな風に言うんだから、ねえ」

江崎が何気《なにげ》なく言っただろう「特別」という言葉に、野城は情けないぐらい体を震わせた。

「すみませんが、俺、やっぱりこのまま帰ります。おうちの方には、また改めて伺《うかが》わせていただきます。今日は本当にありがとうございました」

「え、高久くん？」

野城は早口に言って頭を下げると、驚く江崎の言葉も聞かず、ディスパッチャールームをあとにする。

廊下を走りながら、どんどん野城の鼓動は激しくなり、頭が痛んだ。

きっと江崎も中山も、野城の様子を訝しく思ったに違いない。でもあのままあの場所にいたら、余計なことを口走ってしまいそうで怖かったのだ。

「高久！」

一人になりたかったのに、自分の名前を呼ぶ声が聞こえた。誰が追いかけてきているのかわかったが、振り返るつもりも待つつもりもない。

「高久ってば。なんだよ。ちょっと待てって」

しかしながら、全速力で追いかけてきた中山にエレベーター前で捕まってしまう。頬を赤らめ荒い呼吸をしている中山から、野城は視線を逸らす。

「夕食はどうした。江崎さんのところに行くんじゃなかったのか」

抑揚《よくよう》のない口調でわざとらしく尋ねると、中山は露骨《ろこつ》に嫌そうな顔をする。

「何を言ってんだよ。主賓のお前も大澤さんもいないところに、関係のない俺が行けるわけがないだろう。江崎さんの奥さん、料理すっげー上手いんだろう？ ったく、誰かさんのせいで、美味《うま》いもん、食いそびれたよ」

そう言って、不機嫌そうに眉を顰《ひそ》める野城の肩を摑んでくる。

「前からずっと聞こうと思ってたんだけど」

辿り着いたエレベーターに乗り込んでからも、中山は言葉を続ける。

「大澤さんとの間に、なんかあんじゃないの？」

中山と顔を合わせないようにしていた野城は、大澤の名前に、微かに体を震わせる。

「なんかって、何が」

「なんとなくなんだけど。大澤さんの歓迎会のあとから、お前、変だし」

感情を表情から消した野城は、射抜くような視線を中山に投げかける。

笑っているときの表情は穏やかだが、吊り上がった二重の瞳と冷淡に思える目つきのため、きつく感じられる。養成所時代からつき合いがあり、さんざん野城の顔など見慣れた中山でも、その視線を苦手としている。

「ほら、あんときお前、酔ってたみたい、だし……」

「お前だって酔ってたくせに、俺が本当に酔ってたかどうかなんて知らないだろう。それに、もし酔っていたとしたら、どうなるって言うんだ」

野城がさらに強い語調で問い詰めると、中山は困ったように俯《うつむ》き、口の中でもごもご呟いたあとで、「なんでもない」と言い話を終わらせる道を選んだ。

「高久がいいなら、それでいい。ごめん、変なこと言って」

視線を下に向け、中山は黙り込む。野城はそんな中山の姿を見つめながら、腹の中で小さな憤《いきどお》りを感じていた。

エレベーターが一階に辿り着くと、前に立っていた野城よりも先に中山は外へ飛び出す。横を通り抜ける瞬間に、再度小さな声で「ごめん」と謝った。

「謝るぐらいなら、最初から何も言わなければいいんだ」

まるで逃げるようにして走り去っていく同期の背中に、野城はぼやく。

「謝るぐらいなら、最初に俺が酔ったらどうなるか、忠告しておけ。ばか野郎」

それが八つ当たりに過ぎないことを知っている。すべて、自分が悪いのだ。わかっていても、やるせない気持ちになる。

中山はパイロット養成時代から、酔った野城が無性に他人とのスキンシップを求め、さらにキス魔になることを知っていたのだ。そしてそんな醜態を、自分でも持て余すほど高いプライドの持ち主である野城が素面《しらふ》に戻った状態で知ったら、激しいショックを受けるだろうことを予想していた。

だから野城のそんな姿を自分だけの秘密にとどめ、飲み会の席では監視役を買って出、飲みすぎないように忠告し監視していた。

少し前までの野城なら、そんなことを聞かされた日には、浮上できないほど落ち込んだだろう。けれど、今の状態を考えると、先に忠告してもらっていた方が良かったように思う。そうすればきっと無茶をして酒を飲み、初対面の男の家で、無謀《むぼう》な行動に出たりはしなかったはずだ。

そんな後悔を胸に、野城は空港ターミナルビルの横にある駐車場へ向かい、目的の車を見つける。

ネイビーブルー、コンバーチブルタイプのBMW。運転席の扉にもたれ、煙草を吹かしているのは、先に帰ったはずの大澤だ。目深に被った帽子の下の瞳が、野城の姿を見つけて赤く光ったような気がする。

「どうした。江崎機長の家で夕食を摂《と》るんじゃなかったのか」

吸い差しの煙草を地面に落とすと、革靴《かわぐつ》の先で先端の火を消し、答えのわかっている問いを野城に投げかけてくる。ディスパッチャールームを出る際、大澤は野城に向かって、駐車場にいると唇の動きで伝えてきた。

彼の元へ向かいまっすぐに歩く野城は、腹の底から湧き上がる怒りを、手に持った帽子のつばを強く握ることで堪える。

「貴方だって、もうとっくに帰ったはずでしたよね。それなのに、どうしてまだ、こんな場所で煙草を吸っているんですか？」

素直に「どうして待っていたのか」とは尋ねない。

「ヤボ用があっただけで、別に待っていたわけではない」

そして大澤も同様に、「待っていたのだ」とは言わず、新たに煙草を咥える。あくまで野城から言い出すまで、何も動こうとはしないらしい。

この男の前では、野城のプライドなど、ないも同然だ。

「……乗せてくれませんか」

「乗せてどうする。家まで送って行けとでも言うのか」

さらなる言葉を要求されて、野城は諦めて目を閉じる。今さら何をどう繕ったところで、自分が愚《おろ》かなことは明らかだ。ここまで来た今、引き返すことはできない。

「ええ、送ってください」

目を閉じていても、大澤がどんな表情で自分を見ているのか想像できてしまう。語尾の掠れる低い声が、否応《いやおう》無しに野城の感情を煽る。野城は握っていた拳《こぶし》をさらに強く握り締め、屈《くっ》辱《じょく》に震える唇を懸命に開いた。

「それから……抱いてください」

どれだけ遠回しに言っても、結果することは同じなのだ。それなら、下手に違う言葉で言うよりも、はっきり言ってしまった方が楽だ。

「色情狂《しきじょうきょう》だな」

そんな野城の気持ちも知らず、大澤は喉の奥で笑いながら揶揄するように言った。そして車の鍵の開く音がする。瞼《まぶた》を開くと、運転席の扉に手を掛けた大澤が野城を見つめていた。

「乗れよ」

江崎や中山の前で見せている態度とはまるで違う。横柄《おうへい》で乱暴な態度や口調、蔑《さげす》むような視線を向けられるたびに、居《い》たたまれない気持ちになる。

このまま逃げたいと思う。けれど、逃れられない。

初めて大澤に抱かれたあの日、家に帰ってすぐ全身の皮が剝《む》けるぐらい必死に体を洗い、すべてを忘れようとした。しかし体の中に埋め込まれた痛みと同じだけの快感の記憶は、いつまで経っても薄れることはない。

忘れようと思えば思うほどに、逆に強く、そして大きくなっていく。

二週間後、野城は大澤の公休日に在宅していることを電話をして確認してから、彼の家へ行った。そして、大澤の罠《わな》にまんまと自らかかり、彼の望む言葉を口にした。

『抱いてください』

大澤はすぐには野城を抱かなかった。どうやって抱かれたいのか、何をしてほしいのか、すべてを口にしなければ、納得しなかったのだ。

酒のまるで入っていない素面の状態だった。哀しいまでに強い理性が反抗する中で、野城はそれこそこのまま死んでしまいたいほどの羞恥心を覚えた。

それでも己の体の内に潜む、快感を求める強い欲望に抗うこともできず、大澤の望む言葉を、胸が張り裂けそうな痛みを堪え口にした。

あれから半年以上の月日が流れても、二人の関係はまるで変わらない。

大澤の巧みなセックスに溺《おぼ》れ、抱かれているときはそれこそ言われるままに大澤に従うものの、ひとたびその腕から離れると、野城の高すぎるプライドは、その事実をどうしても認めようとはしない。

さらに実機《じっき》で野城が副操縦士として同乗するようになると、大澤はすべてにおいて、野城の行動に文句をつけ、注文をつけてきた。

明らかなミスについては、怒られても納得できる。しかし、自分が完璧だと思ったフライトでも、大澤の及第《きゅうだい》点はもらえない。

他の誰の話を聞いても、大澤は厳しいが優しいと言う。他の偏屈《へんくつ》な機長に比べれば、ずっと話はわかってくれるし、仕事もしやすいらしい。

そこまで大澤が厳しいのは、野城に対してだけなのだ。

甘く見てほしいとは思わない。けれど、必要以上の厳しさには我慢がならない。

どうしてここまで厳しいのかと、考えたことがある。他の人間と比べて、自分がそれほどま私でに劣《おと》っているのかと思い、落ち込んだこともある。だが、半年して見つけた答えがある。生活で淫らな姿を見せているために、大澤に軽《かろ》んじられているのだろうというのが結論だ。

だからと言って、わがままで傍若無人《ぼうじゃくぶじん》に振る舞う男に腹を立てていても、自分からは切ることはできない。離れていったら、彼との関係を他の人にばらされるかもしれないと思うし恐怖もある。しかし、一番の理由はそれではない。

抱かれ、男に貫《つらぬ》かれる快感に浸《ひた》りながら、ふと意識が遠のく瞬間がある、セックスを終えて、大澤の腕に抱かれて眠ることに、幸せを覚えることもある。

行為を終え、父の手に似た男の大きな手で頬や頭を撫でられていると、安心感が生まれる。もちろん、大澤に父を重ねているわけではない。ふとした優しさに、懐かしさを覚えているだけだ。

大澤に対する自分の感情の変化に、野城は戸惑いを覚えていた。

困惑しながらも、違うのだと言い聞かせている。見えそうで見えない感情から目を逸らし、この関係はいびつな感情から成り立っているだけにすぎない。体の関係を求めているだけなのだと、思い込もうとしている。

千歳烏山《ちとせからすやま》にある野城のマンションまで向かう間、二人は一度も口を開かなかった。

部屋に上がってからも、無駄口はほとんど叩《たた》かない。

玄関の鍵を閉め寝室に至るまでに、大澤は野城の体を後ろから抱き締め、背後からスーツのボタンを外していく。

二度目のとき以来、セックスを始める前から、野城が酒を飲むことは許されない。

『酔ったうえでの出来事だと言われるのは、もうごめんだからな』

大澤はそう言って、無理矢理に抱いているのではなく、自らの意思で抱かれていることを、野城の体と頭に思い知らせる。

何度同じことを繰り返そうとも、野城は最初に必ず大澤の口づけから逃れようとして、顔を背《そむ》け男の指図に抗いを見せる。しかし大澤から逃れる体を彼の使っていたコロンが包み込んでくる。

「いいかげんに慣れろ。そうやって歯を食いしばったところで、最後には自分から口を開いて、舌を絡めてくるくせに」

大澤は細い顎に手を添え、きつく閉ざされた歯の間をぬって、舌を野城の口の中に挿入させる。野城は強く目を閉じ舌を喉の方へ引くものの、すぐに捕えられ絡められ、刺激を受けて翻弄されてしまう。大澤が言うように、最後は自分から弱音《よわね》を吐くとわかっていても、どうしても素直になりきれない。

「どうしてそう、強情なんだ」

肩で呼吸するぐらい激しく舌を絡ませ、互いの口に溢れる唾液《だえき》を呑み合いながらも、野城はまだ大澤から顔を逸らす。強い抵抗をしない代わりに、自分からも大澤に手を伸ばさない。大澤はそんな野城を苦笑しながら腕の中に抱き締め、シャツをズボンの中から引き出し、肌に直接手で触れ、胸の突起を指で摘む。

野城がその刺激に堪えられないように喉を逸らすと、首筋に食いつき、そこに赤い痕をつけた。さらにベルトを外しウエスト部分から下半身に手を差し入れ、下着の上から徐々に熱くなり始めている野城自身に触れる。

「大澤さん……」

焦《じ》れたように野城が声を上げるのを待って、大澤はそこで突き放す。すべての愛撫をやめ、ベッドの上に腰掛け膝を立てた。

「今日は何がしてほしいか、言ってみろ」

大澤の、語尾のかすれる艶を含んだ声を聞いて、野城の大きな瞳は屈辱と欲情で潤む。大澤に抱かれることを望むと同時に、どんどん自分が愚かになっていく気がした。

それでも、求めずにいられない。血液が全身を流れていくに従い、大澤を求める気持ちが体じゅうに満ちていく。

四分の一、アメリカの血が混ざった男の茶色の目には、自分の姿が映し出されている。

淫らで愚かで、あさましい、自分も知らなかった姿が。

野城は軽く目を閉じ小さく息を吸うと、ゆっくりと大澤の顔を見つめ直し、唇を開いた。

「貴方の好きなようにしてください」

父に似た大きな手で撫でられる優しさを求め、野城は消えそうに小さな声で呟く。

その言葉を聞いて、なぜか大澤は一瞬眉を顰め、両手を野城に向けて広げる。男の綺麗な指先が、野城の口元のホクロに触れるのを視界の隅《すみ》に感じながら目を閉じる。そして大澤の厚い胸に、引き寄せられるように足を前に踏み出した。


パイロットの航空時間や勤務時間は、航空法や社内規定により、細かく定められている。体力が基本であり、人の命を預かる以上、休日や休息は確実に取らねばならない。アルコールの摂取《せっしゅ》もフライト一二時間前までと決められている。

大澤と抱き合ってから一日を置いて、野城のフライトは、羽田一二時発、宮崎《みやざき》着は一三時三五分。そこから一度東京に戻り、再び高知《こうち》へ向かう。そこで一泊したのち、翌日東京に戻り、さらに富山《とやま》に向かい、また一泊する。翌日戻ると、再び宮崎の往復フライトが入り、二日間の公休が与えられる。

出社（ショウアップ）するのは、フライトの最低一時間前だ。野城はさらにそれよりも三〇分早く到着し、フライトコントロールセンターへと向かい、ブリーフィングの前に今日の航空路や気象条件を確認してメモを取る。

昨夜は雨が降ったが今朝は見事に晴れていて、宮崎も晴れているとの情報が入っていた。野城は細かいチェックを済ませると、先にブリーフィングルームへ向かう。

「ずいぶん早いショウアップだね」

菅谷と目が合うと、野城は笑って、頷く。

「そうか。今日の機長は、大澤さんか」

向けられる含み笑いに、野城は肩を竦める。普段穏やかな大澤がこと野城については厳しい事実を、菅谷はディスパッチャーとして直に目にしたことがあるのだ。

情けない気持ちで、野城は大澤を待つ。

昨日の午後まで一緒だった。お互いの公休が合うときは、それこそ気を失うまで、大澤は野城を貪《むさぼ》り尽くす。

最初のうちこそ、遠慮と羞恥に襲われて声を上げはしないものの、何度も達《い》かされ果てているうちに、自分でも信じられないような甘く淫らな言葉を口にして、自ら腰を使って深い繋がりを求めてしまう。

「おはようございます」

大澤が来たのは、定刻一時間前ちょうどだ。

眉間に皺を寄せ、明らかに不機嫌そうな表情をしていたが、パイロットスーツに身を包んだその姿は、どこから見てもスキのないエリートパイロットだった。

「おはようございます。今日の気象条件ですが……」

野城は大澤を見て立ち上がると、頭に残る邪魔な記憶をすべて追いやる。そして先にチェックを済ませた情報を提供し、ディスパッチャーとのブリーフィングを開始する。

宮崎までの航空路はほぼ良好だが、途中、気流の乱れが起きている可能性があった。巡航《じゅんこう》高度は、三五〇〇〇フィートを指定する。さらに宮崎空港に着陸できなかった場合の代替《だいたい》空港に、福岡空港を選択。そこまでのフライトを計算し、燃料を算出し、それらを確認した大澤は、飛行計画書にサインする。

ディスパッチャーは、データを所沢《ところざわ》にある東京航空管制部に送信する。このデータを元にして、離陸前の管制承認である、ATCクリアランスが与えられる。

ブリーフィングを終え自分の操縦する機へ向かう大澤は厳しい表情のままだった。野城はその少し後ろを、小走りでついていく。

シップサイドに辿り着くと、大澤はボーディングブリッジの横にステイバッグを下ろし、外部点検を行う。その間に野城は先にコックピットに入り、整備士のチェックをもらい、飛行記録などの必要書類が装備されていることを確認する。

やがて大澤が上がってくるのを待って、キャビンアテンダントとの合同ブリーフィングを行う。先日の江崎の言葉ではないが、キャビンアテンダントは皆プロポーションが良く綺麗な女性ばかりで、誰もが同じ顔に見えてしまう。女性にあまり関心がないせいもあるが、それでも一人だけ、野城の覚えている顔があった。

副操縦士である杉江空哉《すぎえくうや》の妹で、そろそろベテランの域に達する二六歳の女性で名前は杉江飛鳥《あすか》という。

杉江空哉は航空大学時代の大澤と同期だ。エリートだった杉江は、自由奔放《ほんぽう》でどちらかと言えば型破《かたやぶ》りな大澤とは正反対のタイプだった。彼は自分と同じ年でありながら、特別待遇で日スタへ入社したうえ、機長として働く大澤に対し激しい嫉妬《しっと》の炎とライバル心を燃やしている。

元々大澤に対する評価は、会社上層部でもふたつに分かれていた。

反大澤派の多くは保守派と呼ばれる人間で、江崎のように、良いものは良いとして取り入れる穏健《おんけん》派と敵対している。杉江らはその保守派の上層部との繋がりを持つらしく、大澤の排除を目論《もくろ》み、様々な場所で大澤の悪口を公言《こうげん》している。

しかし妹の飛鳥は、兄とは異なり、中立の立場にいる。

「今日の機長の大澤です。そして副操縦士は野城高久。宮崎の天気は……」

ディスパッチャーと確認した事項を告げる間中ずっと、キャビンアテンダントの女性たちの熱い視線は大澤に向けられていた。野城もそれなりの人気を集めているが、横に立っているのが大澤では比べものにならない。

どこから見ても完璧な男だ。さらにパイロットであれば、高収入も期待できる。

特に飛鳥の視線は強烈だった。

社内に飛び交っている噂では、飛鳥は大澤に対して、猛烈なアプローチをしているらしい。ゲイだと仄《ほの》めかし、実際に野城を抱いている男だが、本当に女性を相手にできないのかは、確認したことはない。

さらに自分と公休が重なっていないときに、大澤がどうやって過ごしているかもまるで知らずにいる。考えてみれば、野城が大澤と会っているときは、セックスをしている以外、まともに会話をしていない。

そんなことを思う自分に気づき、野城は慌てて強く頭を振った。

乗客のボーディングを終えると、管制承認を取るため出発五分前を伝えた。宮崎までの承認が即《そく》得られ、ボーディングブリッジが外され、出入り口が閉まった飛行機は滑走路へ向けて移動を始める。

「コンタクト。東京グランド。リクエストタクシー」

短い大澤の言葉に頷き、野城は管制に連絡を取り、滑走路まで続く誘導路《ゆうどうろ》を走るための許可を取った。管制からの指示に対し、了解の意で大澤が白い手袋をはめた長い親指を立てる。

滑走路まで辿り着くと、一度停止する。離陸のためのチェックをすべて済ませ野城が準備完了を伝えると、大澤は小さなため息をついた。

「何かミスがありましたか」

慌てて尋ねるが、大澤は「離陸許可を取って」と低い声で告げるだけだ。きっと何かミスがあったのだろうと思いながら、ここでそれを追及《ついきゅう》している時間の余裕はない。

『日スタ、シックス・ワン、ウィンド・ワン・ツー……』

気を取り直して管制塔に離陸準備ができたことを伝えると、松橋の声で返答がある。その声を聞いてほっと安堵して、野城はキャビンへ離陸合図を送った。

『ご搭乗の皆さま。当機はまもなく離陸いたします。お座席のベルトを、今一度お確かめください』

キャビンアテンダントの客室アナウンスを打ち消すほどの、エンジンの轟音が響く。計器を確認したのち、大澤が低い声で「テイクオフ」を宣言すると、機体は滑走路を滑り出しスピードを徐々に上げていく。

エアスピードが八〇ノットになったところで、「エイティー」と野城は呼応《こおう》する。向かい風を利用し、大きなアルミ合金の塊である飛行機が、空へ向かって飛び立つ瞬間が訪れる。

「V1…VR…V2」

そこで、機体がふわりと浮く。

何とも言えない浮揚《ふよう》感は、大澤に抱かれ絶頂へと導かれたその瞬間の感覚に、どことなく似ていると思う。

野城の呼応したエアスピードは、離陸をするか否かの基準になる。「エイティー」までに異常があった場合、何があろうと離陸を中止しなくてはならない。「V1」と呼ばれる速度を越えた場合は、エンジンが一基《き》故障していようとも離陸を続行しなければならない。「VR」は操縦輪《そうじゅうりん》を引くタイミングで、「V2」は安全に上昇するため目安となる速度だ。

　遠くなる羽田空港を眼下《がんか》に見て、野城は無事離陸できた事実を実感する。無意識に、大澤に視線を向けるが、やはり彼は眉間に皺を寄せたままだ。

「どうして怒っているんですか」

　飛行機が巡航高度に達したところで、野城は我慢できずに大澤に尋ねた。離陸における自分の役割は十分果たしたと思っているが、それなのに大澤はため息をついて、いかにも不機嫌そうな様子を変えない
「先が思いやられる」

　ベッドの中で野城の名前を呼ぶその同じ声で、まるで吐き捨てるように呟く。ただそんなことだけ言われても、野城には何が悪いのか、まるでわからない。どれだけ理由を尋ねても、具体的なことを何ひとつ言わず、淡々とコールアウトのみを続ける。

　復路便も同様だった。大澤の態度に、堪えられないほどの怒りが、野城の全身に染み渡っていった。

「大澤さん。言っていただかなかったら、わかりません。何がいけなかったんですか。教えて

ください。お願いします」

羽田に戻った野城は、明日の国際線の準備で、家路《いえじ》へ向う大澤の後を追いかけた。ビッグバードと呼ばれる羽田空港のビルから駐車場へ通じる通路で言い合いをすることなど、もってのほかだとわかっていたが、このままではどうしても納得できない。パイロットとして尊敬すべき相手だからこそ、大澤のアドバイスが聞きたい。自分に直すべき点があるなら、直さねばならない。

日スタのマークをつけたパイロットスーツを着ているために声は潜めていたが、腹の底から湧き上がる怒りまでは抑《おさ》えられない。

「自分で分かるよりほかないだろう」

しつこいほどに食い下がる野城に、ようやく振り返った大澤は、口調を変えずに言い放つ。

「だから、考えてもわからないんです」

奥歯を噛み締めてぎりぎりで堪えていたが、大澤は暖簾《のれん》に腕押《うでお》し状態だ。ふとした瞬間に仕事以外のことが理由なのではないかという疑問が頭を掠める。仕事は仕事と割り切っていると思いたいが、ベッドの中の愚かな自分を知っているゆえの、侮蔑《ぶべつ》かもしれないと考えるだけで、今にも爆発しそうだった。

「健吾じゃありませんか」

不意に背後から、どこかで耳にした声が聞こえてくる。大澤はその声の主を確認したように、視線を上げ僅かに眉を動かした。

「偶然ですね、こんな場所で会うとは。今日のフライトはもう終わりですか?」

振り返ると、航空管制官の松橋祐がいた。穏やかな笑みを浮かべて大澤に話しかけていたが、やがて手前にいる野城にも華やかな笑顔を向けてくる。

「確か江崎さんの秘蔵っ子の、野城高久くん……でしたよね。以前、一度管制塔でお会いしたことがありますが、覚えていますか?」

無線を通じて聞こえるのと同じ声と流れるような口調だ。

至近距離で見る松橋の顔は、どうしてここまで左右対称に作れるのかと思うほど、見事な造りをしていた。細く形のいい眉になだらかな線を描く鼻梁《びりょう》。一重《ひとえ》でありながらも瞳が大きくて赤い唇は、薄くも厚くもない。

長い首まで続く、面長の輪郭を描く線は、ほれぼれするほどだ。まるで彫刻のように滑らかで白い肌に似合いすぎる、柔らかでビターチョコレートのように濃い茶色の髪は、肩に当たって小さなウェーブを描いている。

身長は野城よりも若干《じゃっかん》高い程度で体軀《たいく》は全体的に華奢《きゃしゃ》だ。細身の外国製のスーツが、その体のラインに沿《そ》って綺麗なラインを描いていた。

「なんの用だ」

松橋に見惚《みほ》れている野城の隣で、大澤は異様なほど不機嫌な声を上げる。

「別に用なんてありません。偶然健吾の姿を見かけたので、なんとなく声を掛けてみただけです。二人こそ、こんな場所で何をしているんですか。もし、フライトが終ったのであれば、よろしければ一緒に食事にでも行きませんか？」

大澤の不機嫌な声に怯《ひる》むことなく、松橋は自分のペースで話を進め、野城に確認を取るように首を傾げた。

「え、いえ、その」

野城はなんと返事をしたらいいのかわからず、慌てて大澤に目を向ける。だが、彼は眉間の皺をさらに深くした。

「俺は行かない。行くなら、二人で行けばいい」

「大澤さん……？」

投げやりな態度と言葉に、野城は目を剝く。

「そいつは俺と寝たことのある男だ。俺が困るような話のひとつやふたつ、持っているかもしれないぞ」

「え……？」

「健吾。何を言っているんですか」

思いがけない大澤の言葉に驚くことしかできない野城と違い、松橋は特に口調を変えない。

「事実だろう？」

松橋と大澤はそのあとしばし無言で睨み合いを続ける。先に大澤が視線を逸らし、駐車場へ向かって再び歩き始める、
松橋の横を通り抜ける際、いつも優しく野城を撫でる大きな手で、大澤は男の細い肩を軽く叩いた。自分の存在を忘れたかのような仕種に、野城は慌てて大澤を振り返る。

「大澤さんっ」

野城が名前を呼んだところで、あの男が立ち止まるわけもない。野城はしばらく大澤の後ろ姿を見送っていたが、伸ばしかけた手を戻し、諦めてゆっくりと踵《きびす》を返した。

「追いかけなくても、いいんですか？」

困ったように眉を寄せた松橋の顔は、それでも綺麗だ。

頭の中で大澤の言葉が蠢《うごめ》いていた。

どうしてあの男は、松橋との関係を明かしたのか。大澤の言葉が本当だとしたら、松橋はどんな気持ちでいるのか。

そして大澤にとって松橋は、どんな存在なのか。気になるものの、目の前の男の端麗《たんれい》な作り物のような表情からは、何も読めない。

よく知りもしない相手に向かって、本当に大澤と寝たことがあるのかと、聞く勇気もない。

「……構いません」

松橋の問いに対し、力のない声で返事をする。時間のないところを無理して大澤を追いかけ

てきたのだ。次のフライト準備まで、ほとんど時間は残されていない。

うな垂《だ》れた状態で松橋に会釈をして、フライトコントロールセンターのある方に体の向きを変えた。

「高久くん」

そして歩き出した野城を、松橋は引き止めてくる。なんだろうかと振り返ると、笑顔で野城を見つめていた。

「近いうちに、一緒に飲みに行きましょう」

野城を名前で呼んだ男の笑顔は、黙っているときよりも親しみやすい。だがどうして自分に対してそんな笑顔を見せるのかがわからなくて、野城は狼狽《ろうばい》した。

「連絡しますから、絶対行きましょう」

松橋は確認するように「絶対」という言葉を二度繰り返し、ひらひらと手を振る。

自分に向ける優しい笑顔に、笑い返す余裕はまるでない。大澤との関係を想像すると、無性に腹立たしい気持ちのまま、野城は前へ向き直った。

クルーズ——巡航

航空物理学や航空力学のめざましい進歩により、航空機には次から次へと新しいコンピューターが搭載され、自動操縦化は最も難しいと言われる着陸までに及んだ。

しかしながら、乗客五〇〇人を乗せる、国際線の主力で四つのエンジンを持つダッシュ四〇〇と、二つのエンジンを持つトリプルセブンでは、当たり前のことだが操縦方法が異なる。

実際にダッシュ四〇〇で練習できればそれほどいい話はないが、定期路線として飛んでいる便において、多くの乗客のある便で練習するわけにはいかない。そのため、座学を経た上で、オブザーブ乗務で実際の乗務を見学し、さらに実機とほぼ同じに作られたシミュレーターで訓練をする。そして最後に、実機訓練をアメリカにある実機訓練場で行い、査察《ささつ》操縦士の審査を経てようやく、ダッシュ四〇〇の副操縦士としての資格を取得することができる。

野城がトリプルセブンの副操縦士として実機に乗り始めてから、そろそろ二年が過ぎようとしていた。さらにダッシュ四〇〇の副操縦士としての資格取得時期も近づき、オブザーブ乗務も何度か体験しライトシートにも一度座っている。

そしてようやく初めてのシミュレーター訓練の機会が訪れた。

羽田空港近くの、日スタ本社横にある乗務員訓練センターには、数十億の費用をかけて作られた、本物そっくりのコックピットを擁《よう》したシミュレーターがある。トリプルセブンのコックピットは、ハイテクジャンボと呼ばれるダッシュ四〇〇シリーズを元に改良されたものだが、ダッシュ四〇〇には独自の複雑な機能が数多く搭載されている。

最初のシミュレーター訓練ということで、ただでさえ野城は緊張していた。最新の液晶画面に表示される数字に慣れず途中から頭の中が混乱し、無茶苦茶な操作をしてしまった。乗客五〇〇余名を乗せたジャンボ旅客機は、北アルプス辺りに不時着《ふじちゃく》を余儀《よぎ》なくされていた。

「それなりに格好がついてきたようだね」

二時間の飛行訓練終了後、シミュレーターを下りた教官は、苦笑を漏らす。

訓練課の担当教官も若い頃、野城の父に、世話になったらしい。そこで教えてもらったすべてを恩人の息子に教えると意気込《いきご》んでいて、ありがた迷惑なほど、野城には厳しい。

「山の中に不時着したのに、ですか」

野城は恨みがましい目で教官を見つめる。

もちろん、不時着したのは最初だけで、そのあとは無事空港に戻って来られた。でも、最初のミスはかなり響いた。

これが実機だったらと思うと、背筋が寒くなる。もちろん、実機でそんなことにならないために訓練するのだが、それにしても落ち込み度は激しい。

「何をそう落ち込んでいる」

教官は目に見えるほど激しく落ち込んでいる野城に、励ましの言葉をかける。

「誰だって最初は失敗する。不時着を繰り返し離陸に失敗する。そんな失敗を繰り返すから、次には失敗しないよう努力をする。実機で決定的なミスをしないために、練習をするのだ。だから、くよくよしない。悔《くや》しかったら、次には無事飛べるよう、オブザーブ乗務のときによく勉強しておきなさい」

何を言われても、野城は、不甲斐《ふがい》なさでいっぱいだった。


「落ち込んだって仕方ないさ」

養成所時代から一緒の中山は、同期の落ち込みなどすっかり慣れっこになっている。下手な慰《なぐさ》めなどせず、持ち前の明るさそのままに、笑顔で野城に接する。

「英輔は及第点をもらえたから、そんなことが言えるんだ」

訓練を終えると大森まで出て、ベルポート内の居酒屋で夕食を一緒に摂りながら、野城は上目遣いに中山を見つめる。

この間のことがあって以来、ほぼ二週間ぶりの再会だった。訓練センターで最初に顔を合わせたときにはお互いに気まずいものがあった。でも訓練が始まってしまえば、いつもの関係に戻る。

「高久だって、最後のフライトでは及第点もらっただろう。いつまでもくよくよするなって教官も言ってただろう。まったく、鬱陶《うっとう》しいな、相変わらず」

「悪かったね。鬱陶しくて」

野城は吐き捨てるように言うと、中山の皿にのっているジャガイモにフォークを刺した。

「あ。何やってんだよ」

「落ち込んでいるから、元気づけにもらう」

強引な理由づけをして、大きなジャガイモをそのまま口の中へと放り込む。

中山は目の前にいる、品《ひん》もへったくれもない同期を眺めながら、苦笑した。

入社以来五年のつき合いになる中山は、野城の一番近しい場所に位置している。それはおそらく、友達と言える立場だ。とはいえ、今でこそ野城は砕《くだ》けた口調で話をしわがままも言うようになっているが、入社当時は人とのコミュニケーションの取り方があまり得意ではない、むしろ下手なタイプの人間だった。

もちろん今も決して人づき合いが上手くなったわけではなかろうが、表向き、見知らぬ相手にも愛想を振りまくことができるようになった。

だからあまり深いつき合いのない人間は、いまだに野城という人間の本当の姿を知らずにいる。人の目を引く外見のせいもあるだろうが、かわいそうなぐらいプライドが高く、本当の意味で人に甘える術《すべ》を知らない。だからひとたび理性のたがが外れ泥酔したときに、抑圧《よくあつ》された性格が表面化してしまうのだろうと中山は考えている。

かつての姿を知っている中山からすると、今こうして、人のいもまで奪って食べる野城の姿は、なんとも不思議で、嬉しくもある。

「何が落ち込んでいる、だ。人のいもまで食いやがって。信じらンねえ。俺のいも、返せ」

しつこく中山が言うと、野城は仕方なさそうに、新たにフライドポテトを注文する。

「フライドポテトじゃ足りない」

「だったら、酒も頼めばいいだろう。それぐらい、俺が奢《おご》ってやるよ」

お互い明日が公休ということもあって、酒はどんどん進む。

気の置けない者同士のため、気持ち良く酔い始める。とはいえそれほど量は飲んでいなかった。だから大丈夫だろうと思っていた、中山が現実に気がついたときには、既に遅かった。

野城は完璧にできあがっていた。

「……しまった」

「何がしまったんだよ」

間髪いれず、野城が絡んでくる。

呂律はそれほど変わらないし、顔色も変わらない。それなのに、態度や言葉遣いが大きく変わってしまう。

普段野城は、スキンシップを好まない。けれど酔えば無性に人に触りたがる。微かに潤んだきつい二重の目と、ただでさえ艶っぽい位置にある口元のホクロは、無意識に人を誘い、怪しい気持ちにさせる。つき合って五年を越した中山は、それなりに免疫《めんえき》ができているが、初めてこの野城を見たときには、理性は蕩けかかり、頭は混乱した。

一瞬だったが目覚める欲望に、相手が男でも構わないから抱いてしまいたい衝動に駆られた。

実際、野城には黙っているが、キスぐらいは何度もしている。酔った状態の野城の姿を、他の人間に知られたら大変なことになる。そう思って野城が酔い始めるとすぐ、飲み会の席から連れて帰っていた。そのために、密《ひそ》かに野城を狙う連中から、良からぬ噂を立てられていた。

そんな噂を聞くたびに、できるものならとっくにやっていると情けない気持ちになる。中山が今日までキスだけで済んでいるのはおそらく、野城の自分に対する信頼のためだ。

その信頼がありがたくもあり、重荷でもある。

「中山ー、俺もう、眠い」

向かい合った席にある中山の手を取り、野城は頰を擂《す》り寄せてきた。誘うというよりも甘える仕種だ。どうしようもなくドギマギしていた気持ちは、野城の本質を知ることで同情へと変化した。そして中山の気持ちは、自分の理性を保《たも》つために、子どもを思う父のものへと、変化を余儀なくされた。

「子どもだったら、俺が一歳のときの子どもってことか？」

そう考えると、嫌な気分になる。

大学院に入学してすぐの年にパイロット養成に応募した。だから野城より一歳年上だ。

中山は自分の手を野城に預けたまま、鞄《かばん》の中から携帯電話と手帳を取り出した。

「なんで俺がこんなことしなくちゃいけないんだろう」

中山はぶつぶつとぼやきながらそこから目当ての番号を探すと、ボタンを押して耳に押し当てた。いるかいないかはわからない。一か八《ばち》かだ。

「誰にかけてんの?」

野城は力なく机に半分突っ伏しているのに、中山の手だけはしっかり握り続けている。

「内緒」

酔っ払いの野城の相手は慣れたものだ。適当にあしらいながら呼び出し音を聞いていると、幸運なことに、受話器が上がる。

『もしもし』

「こんばんは。遅くに失礼します。中山ですが、大澤機長ですか」

いかにも不機嫌そうな声に、自分の姿が相手に見えていないとわかっていても、中山は緊張感から思わず背筋を伸ばした。

『――どうした、こんな時間に』

抑揚のない低く無愛想な声に、冷や汗が滲《にじ》んでくる。

「突然で申し訳ありませんが、野城が酔っ払ってしまって俺には手に負《お》えないので、助けていただけませんでしょうか」

中山は、大澤と野城の間に、実際何があるのか、もしくはあったのか知らない。ただ想像しているものはある。

必要以上に野城に厳しい大澤。大澤に対してだけ感情を露にする野城。不自然すぎる二人の様子から、中山は二人の間に存在する関係を、予測している。

もし野城があの日酔った状態で大澤に何かをしていたら。そして大澤が、それを受け入れることのできる人間だったら、中山が想像している事態は起こり得る。

少なくとも、野城は大澤のことを、想っている。それもきっと、恋愛に近い感情だ。それに対し大澤は、野城をどう想っているのか。

普段の様子からだけでは、中山にはまるでわからない。

だから、カマをかけるつもりで、中山は大澤に連絡を取った。

怒られるかもしれない。けれど、他でもない同期で大切な友人である野城のことだから、何かをせずにはいられなかった。

それにもうひとつ、このまま野城を自分の家に連れて帰ることのできない事情がある。

中山の家は、ここからタクシーで一〇分程度の場所にある。父親だと自分に言い聞かせ、野城にキスせずにいることが、もうできそうになかったのだ。

野城が自分に向けている感情が、友情以上でないことを知っているし、自分も友情を抱き続けたかった。自分に対する野城の信頼を裏切りたくない。

だから、連れて帰りたくなかった。

『――今どこにいる？』

僅かな沈黙ののち、大澤は場所の確認をしてきた。

その言葉に安心すると同時に、鈍《にぶ》い胸の痛みを覚えながらも、中山は大森のベルポートの近くだと説明する。

代官山からここまで、車で三〇分もかからないだろう。

大澤は即座に電話を切った。中山は大きなため息をつく。今の対応で、中山の想像していたことが、肯定《こうてい》されたに等しい。

わかっていたつもりでも、激しいまでの後悔が襲いかかってきた。

当の野城は目の前で、中山の手を摑んだまま、眠りの世界へと旅立っている。

伝票に載《の》る酒の量は、普段に比べればかなり少ない。それでもこれだけ野城が酔っ払ったのは、シミュレーターでの失敗のためだ。

「悔しかったんだろうな」

柔らかい野城の頰を指で突つく。

最初の訓練だから仕方ない、と妥協をしないのが野城らしい。もう少し楽に生きられればいいいのにと思う。

これまでさぞかし、生きづらかっただろう。

適当な時間を見計らって中山は会計を済ませ、半分眠ったままの野城を肩に担《かつ》いで店の前へ出る。

「寒い眠い」

目が覚めたのか、自分で立つ気力もないくせに野城は文句ばかり言う。

「うるさいなあ。文句言うなら、少しは自分でなんとかしろよ」

中山は野城の額を拳で小突《こづ》いて、吐いたそばから白くなる息を見つめながら、大澤の車を待つ。と、ほどなくして、細い路地に入ってくる自動車があった。

BMWのコンバーチブル。一度見たら絶対に忘れない、見事なネイビーブルー。まるで彼が操縦する飛行機のように、滑るようにスムーズな運転で、中山の前で停まった。

左側の運転席から降りた大澤は、黒のシャツの上に深い色のジャケットを無造作に羽織っていた。普段きっちりセットされている髪は濡れて、額に下りている。もしかしたら、風呂上りかもしれない。

「待たせたか」

色素の薄い髪の毛が夜気《やき》に映える。月明かりに照らされ、光の加減で赤く光る瞳は、この男の体に流れている外国の血を思い出させる。

「いえ、それほど」

中山は言葉短かに応えると、肩に担いでいた野城の手を外し、大澤に預ける。

野城はやってきた相手が大澤だと気がついて、「あ。大澤さんだ」と甘えるように男の首に両手を伸ばした。

「どうしたんですかぁ。こんなところに」

「いいから、寝ていなさい」

「はーい」

野城は大きな手で撫でられるとまるで猫のように大人《おとな》しくなり、腕の中で安心したように目を閉じる。あまりに自然な行為に、中山の胸が締めつけられる。咄嗟に大澤に視線を向けると、眉間にくっきりと深い皺を刻み、なぜか泣きそうな表情を作っていた。

「大澤さん……？」

「君も気をつけて帰るように」

しかしすぐに中山の視線に気がついたのか、穏やかな表情に戻った。

「よろしくお願いします」

中山は微かな嫉妬の心を抱きながら、ぺこりと頭を下げた。

大澤は、機長としてコックピットのレフトシートに座っているときよりも遥《はる》かに、人間味に溢れる表情と口調をしていた。

その男の腕の中で野城は安心したように眠る。

大澤には敵《かな》わないと思う。そんなことは十分わかっていても、やはり自覚するのは哀しいことだ。BMWは来たときと同じで、まるで道路を滑るようにして、その場から離れていく。

「父親、廃業《はいぎょう》だな」

中山はぽつりと呟いた。霞《かす》む視界に、今日は眠れそうにないだろうと思った。


泥酔した野城は、寝言なのか、車の中でぶつぶつ独《ひと》り言《ごと》を呟いていた。

「松橋さんとのことはぁ、どうなっているんですかぁ」

聞こえるか聞こえないかの声で問われたときには、大澤は驚いて助手席を見つめた。だが、野城は眼を閉じたままだった。しかしうわごとで言うほど、自分が半ば自棄《やけ》になって言い放った言葉を気にしているのかと思うと、野城に対し、申し訳ない気持ちになった。

軟体《なんたい》動物のように力の入らない野城を抱えて、自分の部屋まで連れ帰る。そして上着とGパンだけ脱がせベッドの中に押し込んだ。

酔っ払った野城は、大澤の体に甘えるように抱きついてきた。

大澤はその誘いに応じて、いつものように額にかかっている髪をかき上げ、目元から鼻を指先で愛撫し、ホクロに指を添えて唇にキスをしようとした。

でも今日の野城は、少しいつもと違っていた。薄く開いた目で大澤の大きな手を見つめ、両手で捕えると頬を摺り寄せる、そして舌っ足らずな甘えるような口調で、囁く。

「父さん」

これまでにも、野城は時折大澤の手を見て。懐かしそうに目を細めることがあった。実際に寝言で父親を呼んだこともあるが、ここまで露骨な仕種は初めてのこと。

「高久」

戸惑いながら大澤は野城の名前を呼ぶと、さらに嬉しそうに微笑み、今度は体にしがみついてきた。セックスを求めるときのような、艶っぽい動きはどこにもない。ただ子どもが親に甘え、抱きついてくるかのような仕種だった。

大澤は抱き締めかけた手の指を折り、そのまま野城の体を自分から優しく引き離すと、頬にキスをするにとどめた。

「父さん……」

見上げる潤んだ瞳が、辛《つら》く切ない。

「眠りなさい」

甘えるような視線に堪えられずに、大澤は野城の目の上に大きな手を置いた。

優しい寝息が聞こえてくるのを待って、居間へと移動する。そしてソファにどかりと腰を下ろし、酒を飲みながら煙草に火を点けた。

明日は朝からフライトがある。フライトの一二時間前の飲酒は禁止されているが、今日は飲まずには寝られそうにない。

頭の中には、過去の映像が蘇っている。

テレビで知った、航空機事故だ。父の操縦する飛行機は、着陸時に起きた車輪故障により、滑走路に突っ込んだ。機体は炎上のうえ、半身が海に突っ込んだ。前半分に乗っていた乗客、二〇〇名以上がその事故で命を失った。

悲惨な事故の模様は、テレビのニュースで映し出された。

そのとき一人の子どもが、画面にアップになった。父親の腕に抱かれるように守られたことで命が助かった子どもは、救出されるまでの数時間、火傷により死亡し硬直した父親の冷たく重い体に、押し潰されそうになっていたらしい。

数週間、半狂乱で日々を過ごしたのだと、風の噂に聞いた。

のちにその子どもが、父の友人である同期のパイロットの息子だったと知って、胸の潰れるような気持ちを味わった。

あのときの子どもは成長し、今、自分のベッドで眠っている。そして無意識に父親の温もりを求め、自分にしがみついてくる。

灰皿には少しだけ吸って先を潰した吸い殻《がら》が堆《うずたか》く積まれていく。酔いたくてもどれだけ飲んでも、大澤は酔い潰れることはない。

「……駄目だ」

自分で自分に言って、受話器を手に取る。深夜を回っているとわかっていたが、そんなことは気にしていられなかった。

『はい……』

十数回のコールのあと、ようやく相手が電話に出る。

だるそうで面倒くさそうな、学生時代から聞き慣れている男の声が、内外で評判を得ている理由は誰よりも大澤が知っている。

自分もこの声に、何度となく救われた。あまり抑揚がないゆえ、ときとして冷たくさえ聞こえるその声は、嘘がないゆえに真実を教えてくれる。

「――祐」

受話器をしっかりと握り、大澤は航空大学時代からの友人である、松橋の名前を呼んだ。すると、不機嫌そうだった相手は、明らかに声色《こわいろ》を変えた。

『健吾？　……どうしたんですか、こんな時間に。もしかして、泣いているんですか』

心配そうな声に問われ、大澤は自分の頬を濡らす液体に、初めて気がついた。

「祐、助けてくれ。高久が…父さんと言って、しがみついてくる」

自分に父親の面影《おもかげ》を重ねているわけではないとわかっていても、激しい罪悪感が大澤を襲う。

「どうしたらいい。俺は……」

『落ち着いてください。貴方が動揺《どうよう》しても仕方がないことです。高久くんは、今、どうしているんですか』

「寝ている。同期の人間と飲んで酔って、それでうちに来て……」

大澤が頭を抱《かか》えて松橋に泣き言を言うのは、今日に始まったことではない。かつて大澤は、先日野城に言ったように、若さゆえ松橋を無理に抱いていたことがある。

そんな大澤を、数年前まで松橋は愛し続けていた。

松橋は、大澤が自分を愛していないと知っていた。それでも大澤の痛みや悲しみを他の誰より知っている松橋は、変わりない気持ちを今も抱き続け、ときに良き友人として相談役を買って出ている。

初めて野城を抱いてしまったときのこと、それ以来続く行為を、松橋は大澤の口から聞かされて知っていた。松橋にすべてを告げることで、そのたびに大澤は自分のしたことを確認し、悔《く》いた。悔いても何もならないとわかっていても、胸の内にとどめておくことができなかったのだろう。

しかし松橋は、どんな話を聞こうとも、何も言わない。ただ黙って静かに話を聞いている。

「どうしたらいいのか、わからない。俺はどうしたらいいのか……」

『何も心配しないで、そのまま貴方も眠った方がいいです。明日…いえ、もう今日ですが、フライトがあるんでしょう? 何も考えずに、眠ってください。高久くんは、酔って夢を見ているだけです。彼は何も知らないのですから』

宥めるような松橋の声を聞いているうちに、大澤の興奮は少しずつ冷めてくる。

そして自分が何を恐れているのか、怖がっているのか、それが明確になってくる。

『明日の夜、もう今晩、ですが、高久くんの予定がどうなっているか、知っていますか？』

大澤の不安を悟ったように、松橋が聞いてくる。

「今日は公休だから、暇だったと思う」

大澤が応じると、松橋は『わかりました』と言った。

『では、高久くんに、松橋が今日会いたいと言っていたと、伝えていただけますか』

「高久に会って、何を言うつもりだ」

冷静な判断力を取り戻した大澤は、訝《いぶか》しげな声を出した。こうして松橋に泣いて電話をしている自分を知っていても、大澤は野城の前で、みっともない姿を見せたくはないのだ。

『大丈夫です。健吾が心配するようなことは、何ひとつ言うつもりはありません。私は、高久くんとお話がしてみたいだけですから』

松橋は微かに電話の向こうで笑うと、大澤に本音を明かさず、待ち合わせの時間と場所を決める。大澤にやめろと言う権利などあるわけもなく、ただ「飲ませすぎるな」と忠告することしかできない。

電話を切ってから、松橋と野城を会わせてもいいものかと考えるが、すべて今さらだ。大きなため息をつくと、グラスに残っていた僅かな酒を飲み干してから寝室へ戻る。

部屋に入ると、音を立てず、そして明かりも点けずに、熟睡している野城の横へ体を滑《すべ》らせる。と、眠っていたはずの野城が温《ぬく》もりに気がつき、体を反転させ大澤の胸に、甘えるようにしてすり寄ってきた。

無意識の行動だろう。

大澤は躊躇《ため》らいがちに、眠っている野城の頬に手を伸ばし、そっと撫でる。抱き合っているときにはもっと大胆《だいたん》なことをしているのに、改まると妙に気恥ずかしかった。

日スタに入社し再会を果たすまで、大澤の頭にあった野城は、八歳の少年のままだった。成長する姿を頭に描きながら日々過ごしてきたにも拘《かか》わらず、彼は成長していなかった。

そして実際に成長した野城の姿を目にして、言い知れぬ驚きと、なんとも言えない感慨《かんがい》を覚えた。

父と仲の良かった野城機長によく似た面持《おもも》ちでありながら、八歳のときと同じ瞳は意思が強そうで、とても綺麗で印象的だった。それまで八歳の少年に対して抱いていた罪悪感と期待は、成長した姿を目にした瞬間、心の中で恋という感情に変わった。

母を幼い頃に亡くし、そして父親すら失いながら、周りの人々に愛され、純粋で真っ直《す》ぐに育っただろう野城に、強く惹かれたのだ。そして酔いに乗《じょう》じ、わけもわからず抱いてしまった。

それこそセックスを覚えたばかりの人間のように、湧き上がる嵐のような激情を堪えることができなかった。

一度だけ、酔ったうえでのことだと笑って流していれば良かったのだろうか。そうしていれば、今とは違う状態で話ができていただろうか。つき合うことができただろうか。

考え始めると止まらない。でも、時間を過去に戻すことはできない。一度抱いてしまったあと、そこで終わらせることができなかったのは、否定しようのない事実なのだ。

なしにしようと言われて、自分でも驚くほど、激しいショックを受けた。酔っていたとは言え、自分を求めた愛しいまでの相手に、何もなかったと言われたことで我を忘れた。

それまでの愛しさや罪悪感など、すべてなかったことにできるぐらいだった。

しかし、時に後悔の念が襲ってくる。愛しく思えば思うほど、取り返しのつかない事態に向かってしまう。今さら、どんな顔をして野城に接すればいいのかわからない。

自分とのセックスに溺れていく野城の姿を知っているから余計に、逃げる道を失い、八方塞《はっぽう》がりになってしまった。

同じ飛行機に乗務しているときは、特にそれが著《いちじる》しい。親の事故のこともあって、必要以上にナーバスになってしまうのだ。

「今さら愛しているとは……言えないな」

安らかな寝顔にキスをひとつ落とし、ショウアップには早すぎるとわかっていながら、大澤は家を出ることにした。

野城は目覚めたとき、どうして大澤の家にいるのかわからなかった。さらに、どうして突然に、松橋と飲む約束になっているのかも、わかっていなかった。

理由を聞こうにもすでに大澤の姿はなく、居間のテーブルに走り書きだけが残されていた。

『昨夜松橋から連絡有り。本日、一緒に飲みに行こうとのこと。午後五時、新宿駅東口改札前、コーヒースタンド。不都合の場合、以下の番号に連絡を……』

どうして松橋は自分が大澤の家にいることを知っていたのか。続けられた番号は、おそらく松橋の携帯電話の番号だろう。本当は断るつもりだった。しかし、以前羽田空港で松橋と出くわしたとき、大澤が思わせぶりに告げた言葉を、ふと思い出した。

そして、とりあえず待ち合わせ場所には行こうと思った。

二日酔いによる頭の痛みは、昼過ぎに治《おさ》まった。

そして、約束より早い時間、野城は指定された場所にいた。

普段、コックピットという閉ざされた場所で過ごしているため、仕事以外でこうやって街中に出るのは、久しぶりのことだった。最近、公休のときは家で寝ているか、大澤とセックスしているかだけだった。あまりの不健康さに気づいて、野城は小さなため息をつく。

そして、気持ちを振り切るように、店から駅構内を眺める。

音速で飛ぶ空とは違い、地上は時間がゆっくり流れているように感じられる。

やがて、目の前のガラスが叩かれ、そこに立っている人に気づく。

「松橋さん」

野城は急いで店を飛び出す。

「今日は突然呼び出してしまって、すみません。お待たせしましたか?」

黒いハーフのレザーコートの下は黒のセーターに、黒のGパンを合わせていた。管制塔のラプンツェルの普段着は、思いのほかシックな大人の男の装いだった。

「いいえ。仕事の癖《くせ》で、少し早く来ただけです」

「仕事って、ショウアップってことですか。だったら、一時間前から待ってたってことだ」

緊張気味に早口で話す野城の言葉に、松橋の後ろに立っていた男が反応する。覚えのない声の主は、松橋よりも大きな身長の持ち主で太股の辺りまでの長さのダウンジャケットを着ていた。

短く刈《か》られた髪の毛は、金色に近い茶色で、ガラス部分に色のついた眼鏡をかけている。おそらく野城よりも若いだろう。インディゴブルーのGパンのポケットに突っ込んだ手は大きく、部分的に覗く指には大きなシルバーの指輪を嵌《は》めていた。

ショウアップなどという単語を知っているからには、航空業界関係の人間なのだろうが誰かわからない。

「あの……」

「高久くんと一緒に飲みに行くとぽろっと零したら、自分も飲みたいと言い張って、強引についてきてしまったんです。申し訳ありません」

松橋は肩を竦め軽く頭を下げる。

男は自分を見つめる野城の訝しげな視線に気がつき、横にいる松橋の脇《わき》を肘で突つく。何事かと顔を横に向けた松橋の耳元で、男は軽く腰を屈めて笑いながら囁く。

「あの、弟さん、ですか?」

自然で慣れた親密さに思ったままを尋ねると、松橋は目を見開き、隣にいる男と顔を合わせる。そしてその肩に手を置いていた男は、堪えられないように吹き出した。

「外見と違って天然ぼけな人なんだ、野城さんって。コックピットにいるときは、そんな風に見えないのに」

「こら、笑うな。失礼だろう」

「でも、でもさあ……」

松橋らしくない乱暴な言葉で戒《いまし》められても、男の笑いは止まらない。見知らぬ相手にわけもわからず笑われて、野城は多少不機嫌になっていた。

「あの、紹介していただけませんか」

「本当に俺のこと、わからないんですか」

男は目を細め、単語を切りながら確認してくる。言われるままに野城は改めて男の顔を眺めてみるがわからない。小さく頭を横に振るのを確認して、男は眼鏡を外した。

「グランドハンドリングの田中正勝《まさかつ》です。いつもお世話になってます」

自己紹介して、ぺこりと頭を下げる。が、まだぴんとこない。

「こうすれば、わかりますか?」

田中はまだ訝しげな視線をやめない野城の様子に、笑いながらGパンの尻ポケットから野球帽を取り出し、目深に被った。

「……ああ、君かあ」

やっと、記憶の中にいる男と、目の前にいる男の姿が一致する。よく、マーシャラー姿を見ている。

いわゆるグランドハンドリングの作業をしているとき、田中はつなぎの作業服にキャップを目深に被り、さらにサングラスをかけて耳にはヘッドセットをつけている。つまりは顔など、ほとんど見えていないのだ。

野城が納得したのを見て、田中は笑った。

こう改めて顔の造作を見ると、田中はとても精悍《せいかん》な顔つきをしていた。鼻は少し大ぶりだが高さはあり、涼《すず》しげな目元が印象的だ。きりりと引き締まった唇は薄く、そこから覗く歯は白く、整っている。

ぴんと伸びた背筋が、さらに背を高く見せているのだろう。腰に手をやり、僅かに腰を屈めて野城の顔を覗き込んでくる。その仕種に野城が面食《めんく》らっていると、松橋が横から自分より背の高い田中の首根っこを摑んだ。

「やめなさい。高久くん、嫌がっているじゃないか」

「あ。わかった。妬《や》いてるんでしょう」

「誰が、妬いてるって」

真面目な顔をした松橋を揶揄するように田中が言うと、滅多に表情を変えない整った顔をした男は、微かに頬を染めた。

「お取り込み中のところ申し訳ありませんが、妬いているっていうのは、いったい」

「ああ。俺たち、恋人同士です。だから」

まさに痴話喧嘩《ちわげんか》としか言えない言い合いを始めた二人に思わず野城が尋ねると、田中は悪《わる》びれる様子もなく、松橋の肩に自分の手をかけて引き寄せて宣言した。

「恋人……？」

「はい、そうです」

この場所が、新宿駅東口改札前で、往来する人が多いとわかっているのかいないのか、田中はにっこり笑った。

背の高い田中に抱えられる、松橋は、口を噤み困ったように肩を竦めた。

「今日、呼び出されたのは、もしかして田中さんとの話をしたかったから、なんですか」

松橋と、さらに田中を前に酒を飲みながら、野城は先に、まさかと思いながら尋ねる。

「そんな、とんでもありません。このバカがついてきたのは、先ほども言いましたように、本当に突然のことです。それから、今日のお誘いも突然ですみませんでした。昨夜遅くに健吾に連絡する必要があって電話をしたら、ちょうど高久くんがいると言うので、無理を言ってしまいました」

野城が怒っていると思ったのか、松橋は慌てたように、改めて謝りの言葉を口にする。

「それは別に構わないんですが……」

ただ、改まって松橋が自分と何を話そうとしていたのかが、わからないだけ。

「私が君としたかったのは……健吾、大澤の話です」

「大澤さん、の？」

その名前に、野城は動揺を隠せない。

田中は話に加わってはいけないと思っているのか、一人で、酒を飲み続けている。

「この間のどさくさ紛《まぎ》れの大澤の発言もありましたし、きちんと説明しておかなければいけないと思っていたんです。ご存知ですよね。私と大澤が、航空大学時代の同級生だということを」

「……いいえ」

野城は驚きに首を左右に振る。

大澤が航空大学出身だということは噂に聞いてはいる。でもどうして管制官である松橋までもが、航空大学に通っていたのか。

管制官になるには、ふたつの方法がある。

ひとつは、運輸省が航空保安職員の研修のために設立した教育機関である航空保安大学に入り、必要な知識を得る方法だ。

もうひとつは、国家公務員資格である航空管制官採用試験を受験するというものである。こちらの試験を受けても航空保安大学で学ぶことになるが、いずれにせよ当然のことながら、航空大学に通う必要性はない。

「私は当初はパイロット志望でしたので、航空大学に在籍し、卒業もしているんです。ただ諸事情で就職はできず、パイロットにはなれませんでした。でも、どうしても空に関係のある仕事に就《つ》きたくて、最終的には航空管制官の道を選びました」

「そうだったんですか」

松橋も大澤も自分から色々話をするタイプではない。だが、どうしても注目を浴びる存在のためか、様々な噂が飛び交っている。それでも松橋は秘密のヴェールで隠された部分が多く、密かにバツイチだという話も聞いているが、本当なのかどうかはわからない。

「大澤さんと同期ということは……」

「杉江空哉も同期です。これでも三人、学生時代は結構仲が良かったんですよ。信じられないかもしれませんが」

松橋の言葉で、反大澤派の副操縦士である杉江の神経質そうな表情を思い出す。

「当時健吾と空哉は、いい意味でのライバルでした。空哉が今健吾に対し反発する気持ちもわからないわけではないんですが、でも最近、目に余るものがあります」

世事《せじ》に疎《うと》い野城でも時折耳にする、杉江の大澤に対する悪口には、辟易《へきえき》するものがある。もしかしたら、彼の妹が大澤と噂されていることも、一因かもしれない。

「杉江も悪い男ではないのですが……」

「松橋さんは大澤さんと、つき合っていたことがあるんですか?」

松橋の話を遮るように、野城は思い切って胸の内に引っかかっていたことを口にする。

大澤はこの間、松橋と寝たことがあると言った。

聞き流そうと思いながら、聞き流せなかった。

航空大学は、チームワークを必要とするため、全寮制で教育を行う。自社養成プログラムでも養成所では寮生活を強いられ、過酷な訓練が日々続いていた。そんな中で、女性をセックスの対象に考えない大澤が、やり場のない気持ちや欲求を解消する相手を手近で探すことは、大いにあり得ることだろう。

松橋は率直な野城の問いに、微かに眉を動かしたあと、しばらく野城の顔を見つめたままでいた。

その横にいる、田中は、相変わらず表情を変えず、飲み、そして食べている。

しばらく松橋は口を噤み、じっと野城の顔を見つめていた。だが、小さなため息をついてから、意を決したように口を開く。

「君には、黙っていても仕方ないですね。黙っていることで余計な誤解を生むのも嫌なので、正直にお話ししておきましょう」

野城は息を呑む。

「最初に言っておきますが、今現在、健吾との間に、恋愛感情は一切ありません。それから、過去にもおそらく、健吾は私に対し、そんな気持ちを抱いていなかっただろうと思います。ただ、激しい感情を受け止めてくれる人が欲しかった。それだけのことです。そんなとき、ちょうどいい場所にいたのが、健吾を好きだった私だった。ただ私は思い切りが悪くて、そのあともあの男をアメリカくんだりまで追いかけています。でもそんなこと、健吾にとってはどうでもいい話です」

松橋の口から語られる、大澤との過去に、野城は胸が締めつけられるような感覚を得た。そんな野城の表情に、松橋は肩を竦めてみせた。

「私との間にあったことは、過去の出来事にすぎません。現在の私は、友人の一人。その証拠に、あの男は私に、高久くんとの話をしてきます」

「俺との話って……」

「高久くんが聞きたいと言うのなら、お話しますが」

ほんの少し頬を赤らめた松橋の様子に、自分の思ったことが肯定されたことがわかる。だから顔を左右に強く振った。激しい羞恥に一気に顔が赤くなり喉の渇きを覚える。その喉を潤したくてビールの入ったグラスに手を伸ばすと、その手を松橋に軽く押さえられた。

「駄目ですよ、無茶な飲み方をしては。お酒は適量を美味しく飲むものです」

穏やかな笑みとともに、戒めの言葉が告げられる。

「高久くんが酔うとどうなるかは、聞いていますからね。本音を言えば、甘える姿を見てみたいところですが、今日高久くんを飲みに誘ったんだと言ったら、健吾に飲ませすぎるなと先に釘を刺されました」

「それで、松橋さんが俺に話したかった大澤さんのことというのは……」

「すっかり話が逸れていましたね」

恥ずかしさゆえ、真っ赤に頬を染めた野城の問いに、松橋は苦笑しながら話を始める。

「健吾という男は、横柄で自意識過剰な人間に思われがちです。でも、実際のところは、口下《くちべ》手《た》で恥ずかしがり屋で、自分の言いたいことを満足に伝える術を知らない、とても不器用なタイプです。そしてとても寂《さび》しがり屋でもあります」

優しい口調で語られる、松橋の知っている大澤の姿は、野城の知っている姿とは一致しない。納得できない野城の表情に、松橋は曖昧に笑うしかない。

「信じられないといった顔をしていますね」

図星を指されて、野城は動揺する。

「いえ……」

「確かに高久くんの前では、そういう部分を見せていないのかもしれません。でも、相手を愛しく思えば思うほど、反対の態度で、接してしまう人間もいます。そこの部分を、高久くんには誤解してほしくなかったんです」

「だったら、どうしてわざわざ俺に、松橋さんとのことなんて教えるんでしょうか」

全面的に大澤を庇う松橋の様子に、野城はむっとした。自分の知らない大澤を知っている松橋に、苛立《いらだ》ちと嫉妬を覚えていた。

「どうせ過去のことなら、別にわざわざ言う必要なんてないじゃないですか。それを、あんな風に思わせぶりに言うなんて……」

「そういうところが、不器用だというんです」

松橋もさすがに笑うしかないのだろう。

「ああやって自虐的に私との関係を仄めかすことで、高久くんに嫉妬してほしかったんですよ。君だってそうでしょう。今、私に対して嫉妬しているのに、それを素直な形で表すことはできない。健吾と君はきっと、そういう不器用な部分がとても似ているんだろうと思います」

「大澤さんと、似てなんていません」

松橋の意図することが伝わってこなくて、ただ怒りばかりが膨《ふく》らんでいく。

「野城さんって、恋愛沙汰《ざた》に疎いでしょう」

それまで黙っていた田中が、不意に話に割って入ってくる。

「何を突然に……」

不躾ながらあまりに図星な言葉に、野城は狼狽《うろた》えた。

「祐《まさ》が何をどう動こうと、不器用な人間と疎い人間じゃ、なんにも話は進まないと思うな」

「正。お前はどうしてそういう言い方をするんだ？」

松橋は呆れたように、田中を「正」と呼んで、頭を拳で叩いた。

野城と話をしているとき、というよりは、仕事をしているときの松橋と、田中を相手に話をしているときではまるで別人のようだ。

確か、田中は野城よりも一歳か二歳年下のはずだが、彼と接しているときの松橋は、実際の年齢よりも幼く感じられる。

初対面のとき、自分たちは恋人同士なのだと、田中は恥ずかしがるどころか、堂々と野城に宣言した。それに対し、頬を赤らめながら、松橋も否定はしなかった。

田中の言うとおり、野城は恋愛感情に疎い。

これまで生きてきた二十八年間、何を見てきたのだろうかと疑問に思うぐらい、他の人間に対する興味がほとんどなかった。自分の一番大好きだった人間を失ったときの、心の中の喪失《そうしつ》感。それを思い出すと、誰も自分の中へ入れたくなかったのだ。

江崎の存在のおかげで、信頼という感情は取り戻した。中山に出会って、友情は理解できるようになった。大澤という人間を知って、尊敬と屈辱という感情は覚えた。

けれど、恋愛という感情は、まだ認識できていない。認識するのが怖い。

「高久くん」

俯いた野城の肩に、そっと松橋の手が置かれる。ふと上げた視線の先には、自分を見つめる、松橋の瞳があった。そこには、明らかに同情の色が見える。心の奥底まで覗き込む視線に、全身が震えた。

「すみません、俺、帰ります」

このまま飲み続けていたら、悪酔いする。そして、言わなくてもいいことを言ってしまう。大澤が自分に知られたくないことまで聞いてしまう。

大澤と松橋の間に恋愛関係はないかもしれないが、間違いなく大澤は松橋を信頼している。その証拠に、自分との関係まで松橋に話をしている。

松橋はとてもいい人なのだろう。それを知っていても、同時にわけのわからない感情を松橋に抱いている。

「……もしかして、正、田中の言葉が気に触《さわ》りましたか？　それとも、私の言葉が足りませんでしたか？」

松橋が自分と大澤のことを心配してくれているのはわかっている。でも、駄目だった。

「怒らせてしまったのなら謝ります。私はただ高久くんに、健吾のことをわかってほしかっただけなんです」

どうして松橋は、大澤の気持ちを代弁《だいべん》するのか。どうして自分と大澤の話なのに、この男が間に入ってくるのか。大澤の気持ちを、なんでも知っているとでもいうのか。

過去であれ、この男は大澤と体の関係を持っていた。

奇跡のように美しい男は、大澤にどんな風に抱かれたのか。恋愛感情はなかったにしても、したことは同じだ。野城の頭の中に二人の抱き合っている姿が想像される。大澤の手が松橋の髪をかき上げ、唇を撫で、それから……。

激しい嫉妬に堪えられず、野城は無我夢中で肩にある松橋の手を振り払う。

「高久くん……」

途端、松橋は傷ついた表情になった。すぐに罪悪感が野城を襲うが、取り返しはつかない。

薄い桃色の唇が動いて野城の名前を呼ぶ。羽田に戻ってきて聞くと心の底から安心できる声だが、今は聞いているのさえつらい。

「今日はありがとうございました。これ、俺の分です。おやすみなさい」

野城は慌ててリュックに入っていた財布から取り出した一万円札を机の上に乱暴に置いた。そして、逃げるように店を飛び出す。

「高久くんっ」

背中の後ろで松橋が呼んだ。けれど振り返る勇気はない。

優しい松橋はきっと、野城を傷つけてしまったと思い落ち込むだろう。松橋が悪いわけではない。でも、それを説明する気力も余力も、今の野城にはない。

一一月、冬の近づいたその夜は、やけに空気が冷えていた。体内にあったはずのアルコールは、外気に触れた途端、急激に醒めていく。野城はとても電車に揺られる気にはならず、目の前にきたタクシーを停めた。

「千歳烏山まで」

よほどひどい顔をしているのだろう、運転手はルームミラーで確認してから、訝しげな表情で、「お客さん、酔ってますか」と聞いてきた。

「飲んでいますけれど、量はそれほどでもないです。大丈夫です」

「それならいいんですが。駄目ですよ、お客さんみたいに若い人は、無茶飲みするから」

はっきりした呂律に安心したのか、運転手は、車を発進させた。

道路はそれほど混んでいなくて、一時間もかからずマンションまで辿り着いた。階段で三階まで上り、玄関の鍵を開けると、部屋の中には自分以外の人間の香りが残っていた。そのぐらい、何度も野城の部屋に訪れている。

後ろ手に扉を閉め鍵をかけると、明かりを点けることさえ面倒で、窓から差し込む月明かりを頼りに、ベッドに向かう。

「駄目だ……もう」

部屋に着いた安心感からか、酔いが急激に回った。歯を磨《みが》かねばならないとか、明日の会議の準備をしなければならないとか、眠る前にしなければならないことはあるはずなのに、何もしたくなかった。

「このまま、寝ちゃえ」

上着と靴下だけ脱いで、ベッドに潜り込んで枕に頭を押しつけると、部屋に残っているのと同じ香りが、鼻をついた。

甘くて苦くて馴染《なじ》みのある、煙草の匂いの混ざった、大澤の香りだ。

休みの日、野城が大澤の家を訪れることの方が多い。それでもときどき、この部屋を訪れる男は、香りを残していく。だからコロンや化粧品にはまるで疎い野城でも、この香りだけは覚えてしまった。それこそ街中や空港でこの香りに出会うと、無意識のうちに大澤を探してしまうほどだ。

「……畜生……眠れないじゃないか」

官能的な香りが、鼻孔《びこう》を刺激し、睡魔《すいま》までも退散させてしまった。その代わりに目覚めたのは、己の体の中に潜んでいた性欲だ。

Gパンに締めつけられる体は、さらに煽られるように強い鼓動を打ち始める。明らかな情《じょう》動《どう》を認識し、野城は頭から布団を被って体を丸めた。

「なんでこんなときに……」

苦しげに呟き、両目を閉じる。しかし我慢しようと思えば思うほど、体は熱くなり頭は冴《さ》えてくる。

蒸《む》れてくる布団にも堪えられず、足で蹴《け》飛《と》ばして仰《あお》向《む》けになった。

そして腰を軽く浮かしファスナーに手を掛けると、指先から伝わってくる金属の冷たさに理性が引き戻されてきた。

自分は今、何をしようとしているのか。頭の中に何を描いているのか。

哀しいほど冷静な意識が自分自身を責め立てるが、本能には勝てない。

激しい羞恥を堪えてファスナーを下げ、腰を浮かして少しだけGパンを下げ、そして恐る恐るトランクスの上へ手を伸ばした。

『色情狂だな』

いつか野城に向かって言った大澤の言葉が、不意に鼓膜に蘇る。揶揄を含んだ口調と同時に、指の動きまでもが、リアルに再現されていく。

きつい締めつけから解放された瞬間、さらに硬《かた》さを増した。

指先に触れる強い脈動に、心臓の鼓動までもが激しくなった。

翌日は一日本社で会議だったが、それから三日は、続けざまにフライトスケジュールが入っていた。

一日目は高知便を往復したのち、山口《やまぐち》で一泊。二日目は東京に戻り岡山《おかやま》便を往復して再び高知に行き、そこで泊まる。三日目は東京に戻ったあとで、旭川《あさひかわ》を往復する。

東京に戻って報告書を提出し終えると、二日の休みが入り、三日目に身体検査を行った。念願の海外便が待っていた。

「野城くんは、海外便は初めてか？」

三日目、同乗した機長に予定を話すと、彼は笑顔で野城に尋ねてきた。

「そうです。ジャンボに乗るようにならないと海外便には乗れないと思っていたので、今からすごく楽しみです」

「そうか、初めてか。若いっていうのは、いいね」

無邪気に応えると、機長は幼い子どもに対するような視線で野城を見つめ、苦笑した。

「何かおかしなことを申し上げたでしょうか」

心配になった野城に、首を振る。

「ただ、僕にもそんな時期があったのかなと、微笑ましい気持ちになっただけのことだ」

言いつつ、彼は笑い続けたまま、野城と別れた。

家に帰って着替えを済ませると、暖房のスイッチを入れた。それから缶ビールを用意して、こたつに当たりながら三日間の行程の確認をする。

プルタブを開けてとりあえず喉を潤すと、ほっと一息つける。それから煙草に火を点けて一服すると、気持ちが落ち着いてくる。

煙草を覚えたのは、大澤とのつき合いが始まってからだ。一緒にいると、自分は煙草を吸っていなくても匂いが移る。体調を考えて大澤に禁煙を求めたこともあるが、野城の忠告を聞くわけもなかった。

最初のうちは、慣れない煙草の香りに気持ち悪くなった。でも人間の耐性《たいせい》には感心する以外ない。気持ち悪さを通り越すと、その匂いがないとなんとなく心寂しくなった。いつの間にか、煙草の匂いと大澤自身が重なっている。気がつくと彼を捜《さが》し求めて、自分でも吸うようになった。これでコロンまで真似をして同じ物を使うようになったらお終《しま》いだ。

「どうしてこんなに、あの人のことばかり考えるのだろうか」

ふと気がついて、自分自身に問い掛けることがある。大澤を待っている自分に戸惑いを覚え、否定したくなる。

抱かれるという行為に対しては、気持ちのうえでの折り合いはついている。遅くなって目覚めさせられた己の欲望の火を消してくれるのは、哀しいことに、あの男しかいないのだ。

嫌悪しながらも、大澤のしたことを許して求めている。

好きでもない相手、それも男とセックスという行為をするという事実が、悪ではないと思うことで、自分を肯定するしかなかった。己の中に潜むあさましいまでに貪欲《どんよく》な欲望を、認めるしかなかったのだ。

長くなった煙草の灰を落とし、改めて口に咥えようとしたとき電話が鳴った。咄嗟に、大澤だろうと思った。同時に、やっぱり掛かってきたかと思って、吸いかけの煙草を灰皿で揉《も》み消し、ゆっくりした動作で立ち上がって電話の前まで向かい、受話器を上げた。

「はい、野城です」

それから、いかにも面倒くさそうに応じる。大澤に待っていた事実を知られるのが、ものすごく嫌だった。もっと恥ずかしい姿を見られているのはわかっていても、これは野城の意地であり、なけなしのプライドだ。

『俺だ』

聞こえてくるのは、予想どおりの大澤の声だった。語尾が微かに掠れる低い声を、電話越しでも耳元で聞くと、体の芯《しん》が疼く。どうやら大澤は外からかけているらしい。電話口から、自動車の音や人の話し声が聞こえてくる。

「これからお帰りですか？」

　鼓動を激しく打ち始める心臓や、興奮して荒くなる呼吸を堪え、つとめて平静に尋ねる。家に来るのかと聞かないのも、半ば意地だ。

『仕事は早々に終わったんだが、これから急に実家に帰ることになった』

「御実家ってどちらですか？」

　クォーターである大澤の母はアメリカに在住のはずで、父親は学生時代に亡くなったと聞いている。

『長野《ながの》だ。金曜日の朝まで戻れない』

「そう、なんですか」

『寂しいか？』

「そ、んなわけありません。ただ、そうなのかと頷いただけで……」

　揶揄するような大澤の声に、野城は無駄だとわかりつつ反論する。

「あの、今、ちょっとお話をしてもいいですか？」

『なんだ』

　特に何か言うことがあったわけではないが、電話を切りたくなかった。だから野城は咄嗟に、明日からグアムに行く話を伝える。

「初めての海外便なんです」

『念願が叶《かな》ったな。楽しんでくるといい……そうだ、ひとつ、買い物を頼んでいいか』

「はい……あの、あまり高価な物でなければ」

これまで、大澤に頼みごとなどされたことのない野城は、内心とても驚いていた。

『ライターを失くしてしまったんだ。銘柄《めいがら》は問わないから、ガス式で高久が気に入った形があれば、ひとつ買ってきてくれないか』

「わかりました。ガス式のライターですね」

野城は急いでそばにあったメモ帳にライターと記す。

『気をつけて行って来るように。戻ってきたら、改めて連絡をする』

そして大澤は話を終えると、野城が挨拶をする前に電話を切ってしまう。受話器から聞こえてくる無機質な音は、大澤の心に似ているような気がする。

大澤にとっての自分。それから、自分にとっての彼の存在がなんなのか、最近になってよく、考えるようになった。

抱いて抱かれる関係。何もかも知っている大澤に抱かれ、セックスによる快感を覚えた。二人の間に感情は存在しないはずだった。そう思っていたはずなのに――。

松橋と話をした間に、野城の心の中には嫌な感情が生まれていた。明らかにあれは、嫉妬だった。松橋と大澤の間にある現在の関係は、松橋が言ったように友情なのだろう。かつて大澤を想っていた松橋には現在恋人と呼べる相手がいる。でも自分は、大澤が相手にしている、数

多くの人間の中の一人にすぎない。それなら、いずれ大澤が飽きるだろうと思っていた。それもやむを得ない

でも今は違う。

飽きられる日が訪れることを、恐れている。

自分以外の人間を大澤が抱いている姿など、想像したくもない。

集中力の切れた野城は、受話器を本体に戻しノートを閉じる。缶の中に残っていた温《ぬる》くなったビールを一気に飲み干すと、そのまま絨毯《じゅうたん》の上に仰向けに寝転がる。

微かなアルコールが、全身に染み渡っていく。瞼を下ろすと、睡魔が意識を取り込んでいく。

「大澤健吾のタラシ」

頭の中に浮かんだ大澤は、松橋を抱き、杉江飛鳥を抱き、野城の知らない金髪女性や男性をそばに従えていた。それが悔しいことに様《さま》になっていて、自分は何も言えずに、ただじっと唇を噛むしかなかった。

そんなあまりに現実味を帯びた情景に、野城はばからしくなった。

ディセント──降下

野城が楽しみにしていた初の海外便は、予想していたよりも体力を使った。

通常の業務においては、一日五便、合計の飛行時間が八時間前後のこともあるが、一便で二時間を超えるフライトは、経験したことはなかったのだ。そのため、特別なチェックを必要としない巡航高度に達してからの時間の配分がわからず、また日本との管制の違いも、余計なプレッシャーになった。

現地休養日を一日間《あいだ》に挟んでいたものの、ホテルのすぐ目の前の綺麗な海で泳ぐ気にはならなかった。食事や観光にと忙しく動くキャビンアテンダントの姿を眺めて、彼女たちのタフさを改めて実感した。

それでも帰国便の前になんとか復活すると、大澤のライターを探しに、街を駆けずり回った。自分で気に入って選んだライターを、大澤に使ってもらいたい。真剣に探しながらもふと我に返ると、どうしてあの男のために、そこまでしなければならないのかという、あまのじゃくな気持ちも生まれた。

同じ場所を行ったり来たりしながら、それでもとりあえず今だけは余計なことには目を瞑《つぶ》ろうと決意する。

そして、やっとの思いで気に入ったライターを見つけた。

決して高価な品ではないが、手に握った感じがしっくりきて、使い勝手がよさそうだった。野城には少々大きく感じられたが、指の長い大澤にならちょうどいいに違いない。

帰国し、飛行報告書の提出のためにフライトコントロールセンターを訪れた野城は、大澤のメールボックスの前に立つ。

「気に入ってもらえたらいいな……」

だから微かな期待と不安を胸に、ライターの入った小さな箱を、大澤のメールボックスの中に入れた。

野城がグアムから帰国して二日の公休日ののち、渡航先で泊まりのフライトが続いた。

一日目は沖縄《おきなわ》、九州《きゅうしゅう》方面を飛び、熊本に泊まり、翌日は大阪《おおさか》を起点に九州を行き来し、長崎《ながさき》で一泊してから名古屋《なごや》に出る。

そして最終フライトは札幌発東京行きのダッシュ四〇〇にオブザーブ乗務する。機長は再び江崎だった。

「このあとの予定はどうなっている?」

羽田に到着して報告書を提出し終えると、江崎は笑顔で野城に尋ねた。

「特には、何も」

「それなら、夕飯を一緒に食おうじゃないか。初めての海外便の話も聞きたいしね」

前回のこともあって、さすがに今回は断るのが憚《はばか》られる。三日続いたフライトで疲れてはいたが、江崎につき合うことにする。

野城の方は、明日は公休日だが、江崎はシミュレーター指導があるという。遠くへ出るのも面倒で、空港ターミナルビル内のレストランへ向かうことになった。

和食の店で日本酒を酌み交わしながら、江崎は野城にグアム便についての感想を求めた。

「それで、どうだった？　楽しめたか？」

「とにかく無我夢中でした。だから海外便だと楽しんでいる気持ちの余裕は、どこにもありませんでした」

野城が疲れたように言うと、江崎はおかしそうに笑う。

「若い者が何を言っている。私は今でも、国際便は楽しくて仕方がないというのに」

江崎は国際便に乗ると、必ず妻から買い物を頼まれ、どれだけ疲れていてさらに時間がなかろうと必ず街中まで出て、その品物を探し歩くらしい。

「ただな、娘にまでせがまれるようになると大変だ」

しみじみと江崎は頷く。

二人の娘は、高校一年生と中学二年生で、お洒落やブランド品に興味を持ち始める時期だ。

「お嬢さんたちはお元気ですか」

「元気すぎて大変だ。上の娘が、特に高久くんに会いたがっているよ」

「そうですか」

「最近の写真を見せたら、家へ連れてこいとせがまれた。パイロットは高収入で、さらに顔がいいから、結婚する相手としては一番だと、偉そうなことを言っていた」

最近の少女らしいというか、真剣に江崎の話を聞いていた野城は、思わず吹き出してしまった。要するに、彼女の目から見て、父親は理想的な結婚相手なのだろう。

「それは光栄ですが、年が離れていてもいいんでしょうか」

「その方が、いいそうだ。同じ年の子は子どもすぎるとぼやいている。最近、娘たちが何を考えているのか、私にはさっぱりわからない」

心の底から思っているのだろう。脱力して肩を落とす様を見て、野城は微笑《ほほえ》ましい気持ちになった。それからさらに他愛もない話を続けたあとで、江崎はようやく本題に話を持っていく。

「ところで大澤くんのことなんだが……」

躊躇いがちに出てきた名前に、やはりと思って、野城は小さく笑いながらも身構《みがま》えた。

共に誘われた家での夕食を断ったとき以来、江崎はずっと、野城の大澤に対する感情について、気にしているように見えていた。

ユニバーサルエアライン在籍時代の大澤が非常に優秀なパイロットであったことは事実だろう。日スタに入ってからも、ある一部の人間を除いて、同僚、上司、後輩を問わず、大澤に対する評価は高い。

実際に江崎は、大澤がそれだけの評価の得られる人間だと思ったから、リスクを考えても引き抜いてきたのだ。つまりそれだけ、大澤を信頼しているということだ。

江崎は大澤を、どこで知ったのだろうか。野城はそれを、常々《つねづね》知りたいと思っていた。

「高久くんは、彼のことを嫌いなのか」

「好き嫌いの話、ですか？」

予想もしない問いに、野城は思わず苦笑する。

「聞き方が悪かった。この間初めて君の口から大澤くんの話を聞いて、実はとても驚いたんだ。高久くんとはもう長いつき合いになるが、君があんな風に他人のことを評する姿を見るのは、初めてだったのでね」

江崎は事情を説明する。

あのときは中山の言葉に煽られ、ついムキになった。そして江崎の前で大澤に対する不満を言ってしまったことを、後悔していた。江崎にいらぬ心配をかけるつもりはなかったのだ。

「嫌いではありません」

野城は言葉を選び、自分の大澤に対する感情を江崎に伝える。

「ただ、なんて言うか……、苦手なんです。大澤さんはパイロットとして、素晴らしい能力を持っています。それは認めていますし、尊敬もしています」

膝の上で絡めた両手を眺める。

「だからかもしれないですが、彼にとって当たり前と思われることができない俺に対し、特に厳しいのではないかと考えてしまい、どうしても萎縮《いしゅく》してしまいます」

「教える側として、厳しいのは悪いことだとは思わない」

江崎はしみじみと語る。

「パイロットとして空へ飛び立つまで、誰もが厳しい訓練を経ている。しかし実際に空へ飛び立つと、訓練では出会わなかった様々な事態が、突発的に起きる可能性がある。そういった事態に直面し対処していくことで、成長していく。実践《じっせん》の場所がさらに訓練でもある」

シミュレーターの訓練では、二重、三重のアクシデントを組み込み、実際そういった事態やトラブルに出会ったときに冷静に対処できるようにしているが、自然現象の中では想像もつかない事態に直面することがある。

ありがたいことに、野城は実機に乗ってから今まで、シミュレーター訓練よりも大変なトラブルに巻き込まれたことはない。だが、今後いつ起きないとも言えない。

「だからどんな場合でも、なあなあで済ませるべきではない。通常の状態でなら許されても、ほんの小さなミスが命取りになることがあるからだ。それは、わかるだろう?」

「はい、もちろんです」

大澤は激しい叱責《しっせき》をすることはない。ただ無言の圧力を与え、完璧だと思ったフライトでも、嫌みを残すだけだ。

彼からすれば、自分におそらく何かしらのミスがあったのだろうと思うが、それを言ってもらえないことに、歯痒《はがゆ》さを覚えてしまう。

私生活でのことがあるから余計、卑屈《ひくつ》な方向へ考えが進んでしまう。

「それがわかっていても、納得できないものが、高久くんの中にあるということ、なんだね」

先の言葉を補《おぎな》う江崎に、野城は唇を軽く噛んで頷く。

「私は実際に、高久くんと同乗している大澤くんの仕事ぶりを見たわけではないから、はっきりしたことは言えない。ただ機長として言えることは、大澤くんが厳しくするのは、当然彼には彼なりの理由があってのことだろうということだけだ。……話していなかったと思うが、高久くんと同じで、大澤くんは私の知り合いの息子さんに当たる。だから、そういう意味で、私は大澤くんという人間を信用している」

「……そう、だったんですか」

野城は驚きの声を上げる。ずっと胸の中にあった疑問が解消される。

「彼の父親も優秀なパイロットだった。君のお父さんほどに彼の父親のことは知らなかったのだが、それがきっかけで大澤くん自身とも知り合いになって、色々な話を聞いている」

「お知り合いになってからは、どのぐらいになるんですか?」

「それ程、長くはない。詳しい話をすると社内事情に関わるから言えないが、国際線で働ける若く実力のあるパイロットを引き抜く話が出たときに、大澤くんの名前を思い出して、私が推薦した」

江崎の目や表情を見ていると、大澤という人間に対する信頼の度合いがわかる。江崎にそこまで信頼されている大澤が、悪い人間のわけはない。だからこそ、複雑な心境になるのだ。

「大澤くんは、君に何か言ったか？」

「何か、とは？」

江崎の質問に、野城は首を傾げる。

「過去のことや、日スタに入社するきっかけ、だが」

「特にはきいていません。それが何か」

「いや、それならいいんだ」

江崎は口元を覆い、早合点《はやがてん》した自分を責めるように、慌てた様子を見せる。

「あの……？」

「気にしないでほしい。こちらのことだ。そろそろ、出るとするか。高久くん、明日は……」

江崎はらしくない様子で自分の言葉を訂正し、そこで強引に大澤の話を終わらせようとする。

でもそこまでうやむやにされると、逆に気になってしまう。

「教えてください。大澤さんがどうして、俺に過去のことを話すと思ったんですか。それは大澤さんの過去と俺の過去に、何か関係があるからということじゃないんですか？」

立ち上がろうとする江崎の手を咄嗟に掴んで、野城は大きな目で目の前の男の顔を見つめ、そしてはっきりした口調で問いかける。

「別に、そういうわけでは……」

「誤魔化さないでください。どんなことでも、動揺したりしません。だから、教えてください。大澤さんの過去が、俺にどう関係があるのか」

野城の中での大澤に対する感情は、複雑な状態にある。仕事のとき必要以上に厳しく感じられる男は、ベッドの中に入ると、残酷なほど意地悪で皮肉で横柄な人間となる。

けれど行為を終えた直後だけ、大きな手は蕩けそうなほど優しくなる。

指一本すら動かせないほど疲れ果てた状態でベッドに沈む野城の頬を撫で、目の上まで落ちている前髪をかき上げ、汗ばむ額に唇を寄せる。

掠れる声で「大丈夫か」と囁かれると、それだけで心が温《あたた》かくなる。何も喋りたくないぐらい体がだるいのに、笑顔を作ってしまう。

嫌われているわけではないだろうと思う。

体だけ、セックスするだけの関係だとしても、それでも抱き合っているときはきっと、野城のことを慈しむべき相手として認めてくれている。

けれどこの関係は、いつまでも続くものではない。いや、続かせてはいけない。大澤にとって大切な人間が現われれば、体だけの関係を持っている自分など、必要がなくなる。

そうなったとき、せめて仕事の上でのつき合いができるようにと、願い、努力している。大澤に認められるだけの操縦士になれば、いずれは他の人間と同様、野城に対する接し方も違うようになると思っていた。

「もしかしたら、その過去にある何かが原因で、大澤さんは俺に対して厳しくされているんですか？」

心臓が軋《きし》むような感覚を覚える。

大澤が日スタにやってくるまで、存在すら知らなかった。初めて出会ったのは、あの歓迎会だと思っていた。でももしかしたら、自分の知らないどこかで、出会っていたのだろうか。

「元は私が口を滑らせたことが原因だ。いずれ他から、故意《こい》に捻《ね》じ曲げられた噂として聞かないとも言えない」

江崎は大きなため息を漏らし、皺の濃い手を額に当てた。

「君にとってつらいことを思い出させるかもしれない。それでも、心を強く持って聞いてくれると約束してくれるか」

江崎の目尻には深い皺が刻まれていた。おそらく江崎自身、言いたくない話なのだろう。その話が、どんな内容か、野城にとってどれだけつらい話かもわからない。けれど、約束しなければ、江崎は話をしてくれない。だから野城は前向きな返事で、先を促した。

「はい。できるかぎり」

江崎は野城の返事を聞いてから、大きくひとつ息を吸い込んで、口を開く。

「碓井康人」

「碓井……？」

その名前に、微かに覚えがあった。誰のものか、記憶を辿って思い出そうとする。漢字を思い浮かべることで、ぼんやりと浮かび上がる映像があった。その瞬間、全身が身震《みぶる》いする。

「……あの事故の、パイロットの名前ですか」

「そう。全日航のパイロットだった碓井は、君のお父さんである野城機長と航空大学時代の同期であり……大澤くんの父親だ」

「え……？」

江崎の告げた驚くべき事実に、野城の背筋が冷たくなり、頭の中が真っ白になった。

「あの事故は、最終的に碓井機長の判断ミスが原因だったと結論づけられた。けれどそのことは、事故直後からずっと言われていた。彼の家族は遺族でありながら責任を追及され、マスコミ関係から追い回される羽目《はめ》になったのだ。そのため、記者から逃れるために大澤くんの母親は実家に引きこもり旧姓に戻って、周囲から隠れるように、ひっそりと生きてきた」

「大澤さんが、あの事故の機長の……子ども」

「もっと取り乱すことを考えていたんだが……大丈夫そうだね」

江崎から教えられた事実を、口の中で繰り返す。だがまだその名前は実感を伴《ともな》ってこない。だから表情を変えることすらできないのだ。動揺したくてもできない。

「驚いてはいるのですが……、まだよくわかっていなくて」

かろうじて笑ってみせるのが、精いっぱいだった。

「そうだろうな。話を続けさせてもらっても、いいかね?」

江崎は野城の顔色を窺いながら聞いてくる。野城は僅かに躊躇いを覚えつつも、先を聞きたい衝動に駆られ、強く頷いた。

「大澤くんはその後、父親の意思を継ぐかのように航空大学に入学し、パイロットへの道を目指した。非常に真面目で優秀で、操縦士としての能力も高かった。彼は卒業後、父と同じ全日航への入社を希望したのだが、……不採用となった」

「なぜですか」

「――死亡事故を起こした機長の息子だから」

実に言いにくそうに、江崎の明かした理由を聞いた瞬間、野城の全身が強張《こわば》った。

「名字が変わっていても、彼が碓井機長の息子であることはどこからともなくわかってしまった。もちろん拒んだ表向きの理由は違った。だが学校側に入ってきた情報を、ある教師が大澤くんに漏らしてしまい、おそらく彼は、激しい失望感と憤りを覚えただろう」

大澤が心に抱いた傷は周りの予想よりも遥かに大きかった。

確かに父親は、事故を起こした。しかしそれによってなぜ、自分が不採用になるのか、納得できなかったに違いない。

父親のことは、日本にいるかぎり、ついてまわる。それはパイロットという職業に就いている以上、逃れられない。大澤はそれを思い知らされたのだろう。

「彼はアメリカ人とのハーフだった母親と一緒にアメリカへ戻り、そこでユニバーサルエアラインに入社した。当然ユニバーサルも父親の事故のことは知っていたが、採用については関係なしと判断したらしい」

そこで大澤は周囲の重圧や偏見に潰されることなく、自らの技術と能力で、アメリカ大統領からラブコールを受けるまでのパイロットへ成長した。

「日スタに引き抜く際には、問題なかったんですか?」

大澤がこれまでどんな想いを胸に抱きながら努力してきたのか。それを考えながら、野城は江崎に問いかける。

「問題にならなかったと言ったら嘘だ。事実、そのことをやり玉に上げて、大澤くんの排斥《はいせき》に動いている人間がいるのも事実だ。しかし大方《おおかた》は、父親のことは当人とは関係のないことと判断している。むしろそういった過去がありながらも、不屈《ふくつ》の精神でパイロットになり、類《たぐい》まれなるレベルにまで達しているのは、感心すべきことだ」

江崎はそこで一度言葉を切り、堪えきれないように大きなため息をついた。

「航空大学時代に、私は一度、彼に会ったことがある。碓井機長の息子だということは知っていたから、先入観がなかったわけではない。だが話をしてみたら、そんなことは、まるで関係ないことだとわかった。空を愛し、パイロットという職業に対するプライドと誇りを持っていた。素晴らしいパイロットになるに違いないと確信した」

パイロットという職業に対するプライドと誇り。改めて江崎に言われ、野城は猛烈に恥ずかしくなった。

人為的ミスが原因と結論づけられた事故で父親を失ってなお、大澤はパイロットという仕事に対し、強い希望を抱いていたのだろう。碓井は、優《すぐ》れたパイロットだったと聞いている。そんな碓井でさえもミスを犯した。事故を起こさないためには、父を越えるパイロットにならねばならない。

大澤の中で、どれほどの葛藤《かっとう》があっただろう。

純然《じゅんぜん》たる被害者であった野城の家にも、事故後しばらくの間は、ひっきりなしに報道関係者が押しかけていたらしい。当時野城は幼かったうえに、少々精神錯乱《さくらん》状態に陥《おちい》っていた。

それゆえ、事故のことはほとんど覚えていない。微かな記憶は、自分を庇った父の体の重みと冷たくなった肌のみだ。

恐ろしかったことはかろうじて覚えている。だからいまだに、着陸寸前になって全身に脂《あぶら》汗《あせ》が浮かぶことがある。自分が操縦しているときより、乗客として乗っているときの方がプレッシャーは強い。

事故の当時、大澤は高校生ぐらいだっただろう。

多感な時期に人生を変えられる事態に遭い、それでもなお大澤はパイロットを目指した。出発点は同じでありながら、パイロットになろうとした野城の当初の志望理由は、まさに正反対だった。

かつて野城の目指した、人間の力を一切必要としない飛行機を作りたいという考えは、大澤のような、パイロットの絶対的必要性を考える人間からすると、理解の範疇《はんちゅう》を超えていたかもしれない。

大澤が自分に厳しい理由を、あまりに安易《あんい》に考えすぎていた。大澤は、公私を混同するような人間ではない。少なくとも、セックスにおいて淫らになる野城を蔑んでのことではなかった。そんな風に考えた自分の愚かさに、野城は自己嫌悪する。

「大澤さんは、俺のこと、呆れてるんじゃないかと……思います」

ぽつりと野城が零すと、江崎は「どうしてそう思う」と尋ねた。

「特に、理由は……」

語尾を誤魔化しても、野城の中にいくつか理由がある。

「大澤くんは、君が自分の父親が操縦していた事故機に乗っていたことを知っている。彼の性格上、万が一にも、高久くんを同じ目に遭わせてはならないと思っているに違いない。だからこそ、より自分にも、そして高久くんにも厳しくなってしまうのではないかと、私は判断している」

江崎は野城と大澤に気を遣うように、慎重に言葉を選んだ。そして告げられた理由は、野城が気づいたことと同じだった。

野城は大澤の過去を知ったことで、これまでのわだかまりが晴れた。そして、ようやく己の本当の感情にぶち当たった。

嫌われたくない。認められたい。

過去に辛い事態に出遭いながら、自分の目指す道に辿り着いた。

誰の手を借りたわけでもない。自らの努力、そして自らの手で、最終的に欲しい物を手に入れている。それゆえの自信が満ち溢れている。

学生時代から一緒だったという松橋は、そんな大澤の悩みや苦しみを知っているのだろうか。先月会った際、松橋は友人として今も大澤のことが好きなのだと言った。そして大澤はそんな松橋を、苦しみを癒《いや》し自分を包む相手として、選んでいたのかもしれない。

松橋はほとんど関わりのない野城のことまで気にしてくれた。

大澤も松橋も、野城とは人間としての度量《どりょう》が違う。

大澤がどうして、若いながらも貫禄《かんろく》があり信頼されている機長であるか、その理由の一端《いったん》を改めて実感した。

その大澤が、自分に対して見せる呆れたような態度に、ずっと苛立ちを覚えていた。自分で自分を貶《おとし》め、大澤の本当の気持ちや心を、理解しようとしていなかった。

「俺はなんてばかなんだろう」

あまりに愚かな自分の考えや態度が、恥ずかしくて仕方ない。

大澤がもし自分に対しそんな風なことを思っているのであれば、セックスしている事実を理由に、何かしらの面倒を吹っかけてきてもおかしくはなかった。けれど彼は一切公私混同はせず、空の上で、理不尽なことは言わなかったし、要求しなかった。それこそ、公私混同していたのは、野城自身だったのだ。

セックスしているのだから、もっと優しくしてくれてもいいはずだ。そんな風に、自分は甘えていなかったか。そんな自分に、大澤は呆れているのではないか。

考えれば考えるだけ、自分の浅はかさを思い知らされる。

大澤に無性に会いたかった。

野城は急いでスケジュール表を開き、大澤の予定を確認する。

六日からニューヨークに行っていて、戻りは八日で翌九日には、二人とも公休の予定だ。

八日は、青森《あおもり》の往復便のあと、庄内《しょうない》を往復した。

庄内から羽田に戻ってくるとき、羽田空港には霧が出始めていた。これより濃くなると、離発着に影響が出るだろう。これから午後八時近くまでが、羽田空港のラッシュ時間帯になる。

平均一分半に一便という、山手線の電車よりも短い間隔《かんかく》で旅客機が滑走路を行き来するのだ。

「成田《なりた》の方にこの霧の影響が出ていなければいいが」

天候状況を伝える無線を聞きながら、機長がぼそりと言った。

それでも、なんとか野城の機は定刻に羽田に降り立って、飛行報告書を提出するためにディスパッチャールームへ向かうと、中はざわついていた。

「どうしたんですか」

野城に気づいてカウンターにやってきた菅谷に尋ねると、彼は眉間に皺を寄せ、「霧のせいで大変」と息をついた。

「成田空港が閉鎖《へいさ》してしまって、ダイバージョン要求が羽田に集中している。おかげで、フライトコントロール全体が、ごった返している」

ダイバージョンとは、予定降機地《こうきち》が使えないときに、空港を変えることを指す。

「この時間に他の機が乗り入れる余裕が、羽田にあるんですか?」

「はっきり言って、ほとんどない。だから、燃料に余裕のある機には成田上空で少し待機してもらっているんだが、どうしても下ろさなくてはならない機もあってね」

上空の霧を見ながら、機長が心配していたことが現実となっていた。しかし羽田もこの天候からすると、いつ閉鎖になるかもわからない。

「成田の閉鎖は、何時からですか」

「午後一時過ぎからずっとだ」

今は五時半を回ったところだ。その時間から待機しているとなると機によってはそろそろ燃料の問題が出てくるだろう。

「あの…大…ニューヨークからの便は、成田に降りられたんですか」

咄嗟に大澤の便のことを思い出す。予定では、一二時前後に到着予定だった。

「ニューヨーク便？　ああ、ちょうどあの便から引っかかった」

菅谷は手元の運航管理表を捲《めく》り、該当《がいとう》便を見つける。既《すで》に五時間以上、経過している。

「燃料は、大丈夫なんですか？」

「さっき羽田に着陸の承認が下りたはずだ。そろそろ着陸するんじゃないか」

そこで菅谷は中から呼ばれる。

「悪い、野城くん」

「どうもありがとうございました」

野城は菅谷に礼を言ってから、大澤が乗っているはずの機体番号を確認した。急いでコートを羽織り、羽田空港ターミナルビルにある、バードアイと呼ばれる展望台へ向かう。運が良ければ、上空で待機している大澤の乗務する機体を見つけられる。

天気のいい休日だと、バードアイは多くの家族づれや見送りの人で賑わっている。夕方のこの時間は、飛行機マニアやアマチュア写真家ぐらいの姿しかなかった。

「寒……っ」

吹きつける風の冷たさに、思わず体を抱き締める。

既に陽は沈み、滑走路を照らす照明が綺麗だった。だが、深くなってきた霧のせいで、上空を飛んでいる飛行機の認識番号を見極めることはできなかった。

それでもひっきりなしに飛行機は滑走路へ降り立ち、そして飛び立っている。

冷えた指先に息を吹きかけながら滑走路を見つめていた野城は、やがて目当ての機が滑走路へ向かってまっすぐに降りてくる姿を確認する。

「あれだ……っ」

濃い霧の中、無事着陸できるか少しだけ心配になる。

しかしそんな心配をするまでもなく、おそらく大澤が操縦しているだろう飛行機は、実にスムーズに滑走路に降り立つ。タイヤからはほとんど白煙が上がらず、轟音も他の機に比べてかなり静かだった。

野城はその飛行機が誘導路を進みランプに辿り着くのを確認すると、急いでフライトコントロールセンターへ戻る。

「どうした。忘れ物？」

菅谷は、とうに帰ったはずの野城を見つけて驚いた様子を見せる。

「顔が真っ赤だ。外にいたのか？」

「ええ、ちょっと……」

「外はずいぶん寒そうだな。ここは、今やっと落ち着いたところなんだ。コーヒーでもいれるから、その辺に座っているといい」

菅谷はディスパッチャールームの奥にある椅子を示した。大澤はいずれにせよ、ここにやってくるだろう。

「お言葉に甘えていいですか？」

「もちろん」

満面の笑みで尋ねると、他のディスパッチャーも笑顔で、野城を迎えてくれる。

江崎の同期でもある運行管理部長とは、何度か一緒に食事をしたこともある。彼に招かれ、部長席の横に座った。

「今、屋上にいたんですが、結構まだもやが出ていました」

「このぐらいになると、機長のレベルが3以上はないと、離陸許可を管制官が出せない。さっきそれで、名古屋へダイバージョンしていった飛行機もある」

「それじゃあ、今頃名古屋空港も、大変な状況ですね」

「管制官は死ぬ思いをしているだろうな」

野城の問いに戻ってきた菅谷が答えた。コーヒーをテーブルに置いて、ついさっきまで、どれだけ忙しかったかを冗談混じりに語った。

「まあ、そんなわけで……と、ずいぶん、外、賑やかじゃないか？」

廊下の向こうから、言い合いをしている声が聞こえてきた。

「喧嘩でもしているんでしょうか」

その声はだんだんと近づいてきて、やがて直接ディスパッチャールームに広がった。

「ああ、まったく。お偉《えら》い機長様はこれだからやってられねえよ」

野城の耳に飛び込んできたのは、興奮《こうふん》した杉江の声だった。ちょうどロッカーが邪魔になって姿は見えないが、カウンターの前に立っているようだ。

「いつもの大澤と杉江か」

「そのようです」

菅谷はため息交じりに応じると、手元の資料を持って、カウンターへ移動する。

「大澤くんが機長のときに、杉江くんが副操縦士として同乗したときはいつもあの調子で、報告書の提出じゅう、何かしら文句を言い続けている。かなり有名な光景だよ」

「そうなんですか……」

困ったように部長が声を潜めて言う。彼らの不仲は、フライトコントロールセンター全体にも広まっているのだろう。

野城はコーヒーをテーブルに置いて、彼らの姿が見える位置に場所を移動する。

「なんで成田で待機なんかせずに、最初っから羽田にダイバージョンで来るようにしなかったんだよ。時間がもったいなかったじゃないか」

「お言葉ですが、待機を指示したのは成田の管制です。その指示に従うのは、機長として当然のことです」

杉江が文句を言う横で、菅谷は報告書の確認を大澤に取りながら言う。

「だったら、ケネディ空港を出るときに、さっさと飛び立てば、話は簡単だったはずだ。本来は、成田が空港閉鎖する前に、到着予定だったんだから」

どうして杉江は、こんな無茶なことばかり言うのだろうかと不思議になった。それこそ八つ当たりだ。

「だが定刻には飛び立てなかったし、霧が晴れる可能性があるならば、やはり待つべきだ」

それまで黙っていた大澤は、ぼそりと低い声で返す。

「でも最終的には、羽田に来たじゃないか」

間髪いれずに杉江が反論すると、大澤は小さく嘆息《たんそく》する。

「だから、それは結果論だ。本来飛行機は、目的地から目的地まで乗客を乗せて行くものだ。それも、安全第一に」

「ご立派だよな。大澤機長様は」

鼻で笑うような杉江の発言に、野城は席を立った。自分が何を言ったところで、杉江には堪《こた》えないだろうが、それでも我慢できない。

「杉江さ……」

「親父は全日航の事故を起こした殺人機長のくせに、自分は何様だと思ってんだ」

野城がロッカーの陰《かげ》からカウンターの前まで姿を現したのと、杉江の発言に帽子を深く被った大澤が顔を上げたのは、ほぼ同時だった。瞬間、その場の空気が完全に凍り、時間さえも止めた。そしてその次に、野城と大澤の目が合う。

野城は小さく息を呑み、大澤は僅かに眉間に皺を寄せる。互いの間に言葉はなくただ深く重い沈黙が落ちる。

「はっ。加害者と被害者の子ども、二人しておんなじ場所にいるなんて、皮肉な話だよなっ」

「杉江さんっ」

菅谷が激しい口調で杉江の名前を呼んだ。

「貴方は何か勘違いされています。ここは運行管理室であって、飛行報告書を確認する場所です。お二人が乗務されていた飛行機が成田から羽田にダイバージョンすることになったのは、管制官とフライトコントロールセンター両方の決定のことです。さらに、羽田はカテゴリー2の気象条件で、大澤機長のようにレベルが高くなければ着陸できない状態でした。それを理解したうえでの発言ですか?」

理路整然《りろせいぜん》と反論され、杉江は唇を悔しそうに結ぶ。そして、そのまま報告書の確認もせずに、ディスパッチャールームを出て行く。

杉江がいなくなって、いつの間にか漲っていたフロア内の緊張感が緩む。

「さすがに、今回の杉江さんの言動には問題がありますね。私の方から上に話を通しておきます……大澤さん?」

「あ……は、はい。ご迷惑をおかけしてすみません」

菅谷が名前を呼ぶと、大澤は驚いた様子で反応する。

「大澤さんが謝る必要はありません。この場所にサインをお願いします。成田の方にはこちらから連絡を取ります。それでは、お疲れさまでした」

「お願いします」

大澤は頭を下げ、足元に置いていたステイバッグを手に持ってディスパッチャールームを出ていきかけるが、何かに引きとめられるように扉の前で足を止めた。

ゆっくり振り返った彼の目は、野城を探していた。そして大澤の背中を追いかけていた野城の目とすぐに合う。野城は再び息を呑む。知らず全身が硬直《こうちょく》し、握った掌に汗が滲む。何かいうべきだとわかっていても、何も言葉が浮かばない。それは大澤も同じだった。彼は覇気《はき》のない瞳でしばらく見つめていたが、何を言うことなしに静かに視線を落とす。そして踵を返しゆっくりと歩き出す。

大澤の野城を見る茶色の瞳は静かに揺れていた。

自分の父親が事故の直接の原因だと、野城が知ってしまったことに対し、大澤は、何を思ったのだろうか。

菅谷は野城に対しても何か言っていたが、ほとんど耳に入ってこなかった。

「野城くん？」

「すみません。俺、帰ります。コーヒーごちそうさまでした」

野城は急いで荷物とコートを手にすると、挨拶もそこそこにディスパッチャールームを飛び出した。

大澤が自分に向けた視線を思い出すと、どうしようもないほどに胸が苦しくなる。追いかけて何を言うつもりなのか、考えていない。でも、このままでいたくなかった。

廊下を出てすぐ、大澤の後ろ姿が目に入った。いつもは自信満々に見える男の背中が、やけに小さく見えるのは、気のせいではないはずだ。

「大澤さんっ」

野城が大澤の名前を呼ぶと、彼は足を止めゆっくりと振り返る。そして野城の姿を認め、あからさまに表情を強張らせた。

太く整った眉はハの字の形に下がり、眉間には深い皺が刻まれている。唇は微かに動きながらも、先ほどと同じで言葉を発することはない。止まった足はそのまま向きを変えることはなく、空いている手だけが、体の横で微かに動いていた。握っては開き、開いては握られるその手が、大澤の気持ちの動揺を示しているような気がした。

「あの……」

一定の距離を置いたまま、野城は懸命に言葉を探す。だが先ほどと同じで、何も言えない。大澤は目を伏せ唇を真一文字に結ぶと、微かに肩を落とした状態で踵を返して歩き出す。小さくなっていく大澤の背中を、野城はこれ以上追いかけてはいけないと思った。家に帰ってからも、ずっと気になっていた。電話をしようと思いながらもあと少しの勇気が出ず、一度上げた受話器を戻し、そしてまた上げる。そんなことを繰り返しているうちに、時間だけが無意味に過ぎていってしまった。

「杉江さん、なんかやらかしたらしいんだけど、知ってるか？」

三日後の定期訓練で会うや否や、中山は突然にそんなことを言い出した。

「知、らない。何があったの」

野城は激しい心臓の鼓動を押さえ、知らないフリを決め込む。

「なんか謹慎《きんしん》を食らったとか食らわないとか。そのせいで、ずいぶんスケジュール予定が国際線の方では変わったらしい。俺、明後日休みだったはずなのに、スタンバイ。高久は、変更なし？」

「特には……」

噂だけ先行していて、杉江がどこで何をしたかまでは、広まっていないらしい。それについてはほっと安堵する一方、大澤がどうしているのかが気になる。

「なんか、顔色悪いけど、大丈夫か?」

訓練を終えたあと、中山に心配された。胃がせり上がってくるような痛みを覚えていた野城は、曖昧に笑みを浮かべる。

「ちょっと調子悪いけど……たぶん、大丈夫だと思う」

約束していた夕食を断って家に戻って薬を飲むが、調子は戻らなかった。

風邪を引きかけていたが、胃の痛みはそのせいではないだろう。翌朝目覚めてからも、胃の痛みは治まっていなかった。食事をする気になれずとりあえず牛乳を飲んでもう一度薬を飲むと、かろうじて痛みは散らされる。羽田へ行って駄目だったら、またそのとき考えよう。野城はそう思って出社する。

「野城くん。変更があったから」

フライトコントロールセンターに辿り着くと、変更のあったフライトの予定表を渡される。

「大澤さんと一緒だ」

杉江の謹慎の影響だろうか。今日の五便目、山口宇部《やまぐちうべ》空港行きの機長が大澤に変更になっていた。

彼と同乗することに対し気づまりはある。かといってここで自分が同乗しないと、大澤は傷つくだろう。野城は大澤との乗務を胸に、それまでの四便を乗り切るための気合を入れた。

しかし、昨日からの胃痛は治まらず、何度も薬を服用している間に、効きも甘くなってきた。富山からの復路便で再び胃は痛み始めてきたが、薬を飲んでも治まらなかった。それでも努《つと》めて平静を装ったが、羽田に戻ってきたときには痛みはピークに達していた。

何も食べていないにも拘わらず激しい吐き気を覚え、全身に脂汗をかいた。掌はぐっしょりと汗をかき、貧血気味だった。それでも洗面所で顔を洗い栄養剤を飲み、ブリーフィングに参加する。

「こんにちは」

ディスパッチャールームには、大澤が先に来ていた。一瞬野城の声に振り返るが、すぐに目を伏せてディスパッチャーに向き直り、話に耳を傾ける。その態度に寂しさを覚えながらも、自分の不調を知られないようにしていた野城には、逆にありがたかった。

機体の計器チェックの際は、気を張っていればそれほどひどい痛みはない。

キャビンアテンダントの中には、また杉江飛鳥の姿があった。これだけタイミング良く大澤の便で顔を合わせるということは、それなりに彼女も裏で手を回しているのかもしれないと、ぼんやり野城は思う。

コックピットに座りいつもどおりチェックを行っていると、大澤がやってくる。僅かに緊張しつつも、野城は仕事をこなし管制へ連絡を入れる。他機と交信している松橋の声が流れてくる。

あれから何度か松橋とは無線で会話はしているが、個人的に会う機会はない。できればもう一度、頭の中を整理した状態で話をしたいと思っている。だがなかなかそのタイミングが訪れないでいた。やがてエンジンがスタートして、滑走路への誘導も進む。キャビンの準備完了後、管制から離陸許可が下りる。

野城はチェックの取りこぼしがないよう確認し、自分の仕事を確実にこなすだけで、全部の力を使い果たした。

八時前に山口のホテルに辿り着いたときには、倒れる寸前だった。

「機長。これから夕食に出るんですが、一緒に行きませんか？　野城さんも」

元気いっぱいの飛鳥は周りの目も気にせず、大澤の腕にまとわりついてくる。

野城にはもう、それに対しなんらかの感情を抱く力さえ残っていなかった。

「申し訳ありませんが僕は部屋に戻ります。皆さんで楽しんでいらしてください」

ついでに誘われたのはわかっていたが、一応の礼儀で断りを入れると、もつれる足を前に出し、銀色に光る視界の中に見つけたエレベーターの前まで必死に歩く。そして扉が開いた瞬間に転がるように中へ入ると、背後から突然、腰を支えられた。

「大丈夫か」

振り返ると同時に、扉が閉まる。野城を後ろから抱きかかえていたのは、大澤だった。手には、よろめいたとき落ちただろう、野城の帽子がある。

「お食事、行かれるんじゃ……」

どうしてここにいるのか、それを尋ねる。口の中がひどく乾いていた。

「そんなことは気にしなくていい。それよりどうした。風邪でも引いたのか?」

大澤の冷たい手が、野城の前髪をかき上げて、額に触れてくる。

「熱があるじゃないか」

隠しても隠し切れるものではない。力の抜ける自分の体を大澤の腕に預け、正直に答える。

「胃の痛みが昨日からひどくて…、なんとか漢方系の薬で誤魔化していたんですが」

「調子が悪いならどうしてすぐに言わない? スタンバイの人間だっていただろう。もしものことがあったら、自分だけじゃなくて、乗客に対して取り返しのつかないことになるとわかっていないのか?」

大澤は強い語調で怒鳴《どな》りながらも、野城がぴくりと体を震わせるのを見て、小さな声で「すまない」と謝ってきた。

「無理をするな」

エレベーターが目的の階に辿り着くと、大澤は野城の体を抱えるようにして、廊下をすたすた歩いていく。

抵抗する気力もない。

「すみません、ご迷惑をおかけして……」

「病人が気を遣うな」

乱暴な言葉でも口調には優しさがある。

熱のせいかぼんやりする頭を言いわけにして、野城は懐かしいような温もりに頬を寄せる。

大澤の体温を味わい肌を重ねたのは、いつが最後だっただろう。

「そうか…もう一か月以上も前だ」

江崎との食事を断ったとき以来だ。

「何が一か月だ」

頭の中で呟いたつもりの声は、言葉となって大澤の耳に届いていたらしい。

「なんでもありません」

大澤はそれ以上特に追及せず部屋まで辿り着くと、野城の手から取った鍵でドアを開け、ベッドに野城の体を下ろした。

まず帽子と自分の上着を脱いでから、野城の上着を脱がせ、ネクタイを外しシャツのボタンを巧みに外す。大澤のその指先の動きに、熱のせいで少しおかしくなっている野城の頭は妙な方向へ進んでいく。

「……セックス、するんですか？」

「何をとぼけたことを言っている」

大澤はむっとした口調で言いながら、野城の鼻を軽く摘む。

「このままでは寝にくいだろうから、着替えさせようとしているだけだ」

「別に熱が出てても、俺、構いませんけれど」

「お前が構わなくても、俺が構う。病人を抱く趣味はないし、病人じゃなくても、翌日にフライトがあるときにはこれまでだって抱いたりしてないだろう」

「そうでしたっけ？」

「そうだ」

大澤は我慢強く野城の服を脱がせ、備えつけの浴衣《ゆかた》を羽織らせると、布団を引き上げた。

「CAの誰か一人ぐらい、薬を持っているだろう。大人しく寝ていろ。いいな」

扉の閉まる音がして、部屋に一人残される。少しずつ頭がはっきりしてきて、情けなさが募《つの》る。

布団の中から両手を天井へ向かって伸ばし、その手で顔を覆う。

大澤との乗務だからと気を張っていたつもりだったが、結局は迷惑をかけている。さらに熱も上がっているようで、目は潤み、喉も痛んできた。

野城は半分本気で「抱かないのか」と言った。それに対し、大澤は本気で怒っていた。

『翌日にフライトがあるときには、抱いたりしていない』

これまで確かに翌日にフライトがあるときに、抱かれたことはなかった。たった今大澤に言われるまで、この事実に気がついていなかった。

「最低だ」

大澤という人間の本当の姿を、まるで見ていなかった。

最初に抱き合ったのは、酒の勢いだ。二回目については自分にも責任がある。けれど大澤だけを悪者に仕立て、自分は被害者面《づら》して、すべての責任を相手に押しつけていた。そんな自分を、大澤はどんな想いで見ていたのだろうか。自己中心的すぎる考えに、涙が零れそうになったとき、鍵の開く音がする。慌てて頬を拭《ぬぐ》い扉の方へ顔を向けていると、薬を持った大澤が戻ってきた。

「胃薬をもらってきた。フライト中に、何か食ったか？」

「いえ……」

儚い声で答えると、大澤は部屋に備えつけの冷蔵庫の中からトマトジュースを見つけた。

「とりあえずこれを飲め」

ベッドの横にやってきた大澤は、注意深く野城の首の後ろに腕を差し入れ、その場に起き上がらせてくれる。

野城は実のところトマトジュースが苦手なのだが、ここでわがままを言えるはずもなく、目を瞑って一息に飲み干す。心の中で眉を顰めつつ、渡される錠剤の胃薬を飲むと、大澤は再び野城の体を布団の中へと押し込んできた。

「明日羽田へ戻ったら、スタンバイの人間と交代だ。コントロールセンターにはすでに連絡してある」

「今夜一晩休めば大丈夫です」

「駄目だ」

反論する野城を、大澤は一言で却下《きゃっか》する。

「さっきも言ったはずだ。乗客の命は俺たちにかかっている。少しでも体調が悪かったら、無理をしてはならない」

「……っ」

「悔しかったら、明日の復路便でしっかり仕事ができるよう、ゆっくり休みなさい」

大澤はきつい口調で言葉を投げかけるが、もっともなことだった。

情けなさに唇を噛む野城の顔を、大澤はじっと見つめる。

その瞳は、この間ディスパッチャールームで見たときと同じで、哀しい色をしていた。

しばらくその場に立ち尽くしていたが、思い立ったようにベッドの横にしゃがみ、野城の前髪を撫でる。そして意を決したように、眼を閉じそっと顔を近づけてきた。

キスをするのだと、すぐにわかった。

けれど、野城は目を閉じたくなかった。大澤の顔を見ていたかった。

形のいい唇が、半開きになった熱っぽい野城の唇の上に、優しく重なってくる。巧みな舌は

口の中へとするりと入り込み、待っていた野城の舌と軽く絡み合う。

「高久……」

大澤は一度唇を離し、吐息で野城の名前を呼んですぐにまた深く唇を重ねてきた。軽く刻まれる眉間の皺に、大澤の真剣さが伝わってくる。

甘い唾液が流れ込む。体に馴染む重みと大澤の匂いが、野城を包んでいく。

もっと大澤を感じたい。強く抱き締めたい。焦れったいような感覚に、熱のせいで熱くなっていた体が、さらに他の部分から熱を生み始める。

「あ……」

「す、まない……」

野城が堪えられずに切ない喘ぎを漏らすと、大澤ははっと気がついたように目を見開き、慌てて体を離す。目を開けていた野城は、気まずさに顔を横へ向け布団の中に潜り込んだ。

顔が熱くなり、鼓動が高鳴る。逃げ出したい衝動を堪えながら、大澤の気配を感じていた。

「この間の杉江の話、聞いていただろう」

不意に大澤は言った。

突然のことにどう反応したらよいのかわからず、目を強く瞑って先の言葉を待った。大澤はそれ以上何も言わず、ただ「おやすみ」と低い声で呟くと部屋から出て行った。

なんとか眠ろうと、野城はきつく眼を閉じる。でも眠れそうにない、体が熱く、頭も熱い。

久しぶりに触れた唇の甘さに、体の内側から全身が、蕩け出しそうになっていた。

堪えようのないほどに、大澤に酔っている。大澤を求めている。

これまで知らなかった大澤の声が、今、野城の頭と心と体のすべてを占めている。

「大澤さん、大澤さん……」

何度もその名前を口の中で繰り返しながら、野城は自分の気持ちに改めて向き直る。

自分がどんな想いを抱いているのか。見えなかった、そしてあえて見ようとしていなかった想いが、心の中で明確な形になってきている。その事実を、野城は実感せざるを得なかった。

アプローチ

木曜日の野城は、東京―宮崎往復便のフライトを終えると、午後はスタンバイでフライトコントロールセンターへ詰めた。金曜日は五便を担当し、翌日の土曜から二日間が公休となっている。

クリスマスや正月が近くなっても、あまり関係がない。もちろん、乗務している便のキャビンでは、クリスマスや正月仕様のちょっとした企画があっても、コックピットにクリスマスツリーが飾られるわけでもない。

「機長は、クリスマスはどうされるんですか？」

クルージングの間、ふと思い立って尋ねると、江崎よりも二、三歳若いだろう機長は、目尻を下げて嬉しそうな顔になった。

「ちょうど休みになっていて、娘と一緒に出かける予定なんだ」

「お嬢さんは、おいくつなんですか？」

「三歳になったばかりだ」

機長はいそいそと、胸ポケットから写真を取り出した。

赤いワンピース姿の幼い少女は、今、レフトシートで操縦輪を握っている男の腕に抱かれていた。

「可愛いですね」

「そうだろう？　実はこの間もね……」

娘のことを楽しそうに話す男の姿が、野城の頭の中で自分の父親に重なっていく。

父は遅くなってできた野城を、目に入れても痛くないほどに可愛がってくれた。父も写真を持ち歩いていたのだろうか。そして横にいる機長のように、副操縦士に自慢したこともあるだろうか。

微かな記憶に残る父は、常に笑顔だ。目尻にできた小さな皺に、白いものの多い柔らかい髪の毛。大澤と同じ、大きくて温かい手を持った父の目は、常に遠い空を見つめていたような気がする。そんな父は空の青さと高さ、雄大さを愛していた。

「そろそろ、アプローチプリパレーションを始めようか」

外していた手袋を嵌め、シートベルトをし直した機長の言葉で、野城ははっと我に返る。

「は、はい」

慌てて自分も手袋を嵌め、チェックリストを持ってハンドセットをチェックした。

野城は神経を次第に操縦へと集中させようとする。コックピットにいるときに事故を思い出したことはあっても、父のことを思い出したのは初めてだった。

気持ちを集中させようと思えば思うほど、心が千々《ちぢ》に乱れていく。だが、乗客二〇〇余名が乗っていることを考えて、ようやく、気持ちが引き締まってくる。

野城は宮崎に辿り着くと、一人で空港内の喫茶室へ向かった。二時間弱で羽田へ戻る。考えごとをするには十分な時間だ。

煙草に火を点け、ゆっくりと煙を吸う。

頭の中のほとんどを、大澤が占めている。山口のホテルで、額に触れた彼の掌の温もりがリアルに蘇り、優しい唇の感触までが思い出されてくる。

『高久……』

不意に聞こえてくる声と甘い吐息、耳朶を齧《かじ》るときの、歯の感触。あまりにリアルな記憶に、体の奥が疼く。あの翌朝、多少体調は戻っていたものの、羽田に着いたら即、スタンバイしていた中山と交代せざるを得なかった。それから公休の間は、当然のことながら、大澤と話をする機会などなかった。

『健吾とはきっと、そういう不器用な部分がとても似ているんだろうと思います』

以前松橋が言った言葉が、頭の中で何度も繰り返されている。

あのときには、自分と大澤のどこが似ているのかと疑問に思った。わがままで自意識過剰で、傲岸不遜《ごうがんふそん》な人間と自分が、似ているわけがないと思っていたからだ。

しかし大澤という人間の本当の姿を知ってからは、似ている部分がないとは言えないかもしれないと思うようになった。

初めて会ったときから、大澤という男は、野城よりも数倍大人で、何もかもわかったフリをしていた。女の扱いも男の扱いにも慣れた彼からは、自分の相手をすることなど、ゲームのひとつ、遊び以外ではありえないと思わされた。

肌を重ねる悦《よろこ》びを知らなかった自分の体を開発し、そして育て上げた男が、何を考えているのか想像したこともなかった。

もちろん今も、わかってはいない。

パイロットとしての腕は、ただただ尊敬している。さらに、キスの上手い男だ。

そして口が上手く、セックスも上手い。

そんな男が、自分を見つめるときに、どうしてあんなに寂しそうな瞳を見せるのか。

江崎から聞かされて初めて、自分と大澤との間に、あの事故の繋がりがあることを知った。

それにより初めて大澤という男を、一人の人間として見つめることができたのだ。

これまでに、少しでも互いについて話をしていたら、互いのことについて、何か知り得ていたら、今とは何か状況が違っていただろうか。少なくとも自分が抱いている感情が何か、もっと早く気づいていたに違いない。

窓から見える宮崎空港の滑走路を、忙しく飛行機が離着陸を繰り返している。飛行機はどれも、同じように見えながら、どの機にも操縦する機長の性格が出る。

穏やかな性格でありながら実はとても大胆な江崎は、その性格そのままの大胆でいてスムーズな着陸をする。そして、大澤は――。

　車輪が滑走路と優しく触れるように接し、機体への衝撃が少ない着陸の仕方が、本来望ましいと言われている。車輪と滑走路が優しくキスをするようだからと、『キッス・ランディング』と称すが、大澤の着陸は、まさにその言葉がふさわしい。

　数日前、成田から羽田へダイバージョンしてきたときも、濃霧の中だと感じさせない見事な着陸を、果たしている。

「やっぱり、このままじゃ駄目だ」

　大澤の見事なまでの操縦技術を思い出して、野城は強く思う。このまま、彼と何もなかったことにしたくはない。

　名古屋行きの便が飛び立つのを見送ると、野城は短くなった煙草を灰皿に押しつけて、内ポケットにいれている手帳を開いた。

　フライトで大澤と次に重なるのは、数週間先だ。その前に、公休が重なる。それも明後日だ。

「行こう。明後日、大澤さんの家まで」

　そして、話をしよう。

　野城の心の中で、大澤への想いが確実に芽生えている。

　自分の気持ちを確認する、そして大澤の気持ちを確認する。

　自分の気持ちから逃げていたら、駄目になる。

恐れがなくなったわけではない。でも、少しだけ勇気を持たなければならないと思う。自分に見せた大澤の優しさを知っている。大澤が大澤の父の起こした事故で、どれだけ苦しんでいるかを、知っている。

そして同時に、自分の狡さも知っている。

もう大澤だけを悪者にはしない。被害者面もしない。

大澤が自分に向けていた気持ちが、同情ゆえだと思えば、胸は激しく痛む。

けれどその痛みから、ずっと目を逸らしていたら、自分は大澤を永遠に失いかねない。

灰皿にある折れ曲がった煙草を見て、大澤を思い出す。

煙草に火を点けるときの仕種が、野城はとても好きだった。僅かに上半身を屈め、ライターの火を風から隠すように、大きな手を翳《かざ》す。節がはっきりしていながらすっきりとした線を持つ長い手は、白い手袋を着けると、美しさが増した。親指を上げ「了解」の合図を取る彼の指に何度も見惚れた。

その指は、巧みに野城の体の至るところを愛撫し、未熟な肌を昂めていく。

最後に抱かれたのは、もう一か月以上も前のことだ。彼によって目覚めた体が、彼を恋しがっている。

肌をまさぐる手の動きに、腰を貫く灼熱《しゃくねつ》。

重なる呼吸と鼓動が、野城の体を疼かせていく。

「大澤さんの言うように、俺は色情狂かもしれない」

自虐的に自分の体の中に潜む欲求を自覚するものの、でも違うと否定する。

誰が相手でもいいわけではない。大澤だから。自分はあれほどまでに感じ、求めたのだ。

「野城副操縦士。そろそろお時間です」

同じ喫茶室で休んでいたらしいパーサーに声をかけられ、野城ははっと我に返った、そして急いでボーディングブリッジへ向かった。


宮崎発日スタ六〇八便は順調な運航を続け、定刻の午後一時四五分に羽田空港に辿り着いた。天候は良く、風もさほど強くなかった。

飛行終了後のデブリーフィングを終え、機長と共に報告書を提出し、野城はフライトコントロールセンターの待合室へ向かう。そしていつでも飛び立てるように、壁に貼られている本日の離着陸の一覧を確認していると、中に大澤の名前を見つけた。

昨日から泊まりで沖縄に行っていたらしく、朝一の便で羽田に戻ったあと、間髪入れずに福岡往復を飛び、さらに次に札幌往復が待っている。最終的に羽田に戻ってくるのは、午後一〇時を過ぎる。さらに明日もフライトがあるはずだから、かなりハードスケジュールだ。

札幌往復便は、ダブルキャプテンになっていて、同乗するのは片瀬《かたせ》機長だった。

江崎よりも五歳年上で、前髪が後退し、全体的に大柄《おおがら》で脂ぎった印象のある片瀬は、いわゆる保守派の人間だ。つまり、江崎と対立し、大澤が入社することについて、先頭切って反対したらしい。

杉江の一件があって、片瀬たちには逆風が吹いているらしい。だがその程度ですぐナリを潜める人間ではない。機長としては古いワンマンタイプで、同乗する操縦士の意見などまるで聞かず、すべてを自分でしようとする。仕事のやりやすい相手ではないため、野城はあまり片瀬のことが好きではなかった。

大澤は野城の前では傲岸不遜でわがままで横柄な態度を取ることもあるが、基本的にはとても上下関係に厳しく、上の人間を立てるタイプだ。だからこそ片瀬が相手だと、さぞかしやりにくいだろうと思う。

他人事ながら同情しつつ、フロアを振り返ると、奥の席に見知った顔を見つけた。

「英輔」

野城は、新聞を読みながら大きなおにぎりを頬張《ほおば》っている男の前まで行く。

「おう、高久じゃん。もう体、大丈夫なのか」

おにぎりを手にした中山は、同期の顔を確認する。

「おかげさまで。この間は迷惑をかけて申し訳なかった」

体調を崩し、山口から羽田に戻って次のフライトで交替したのは中山だった。

「水くさいな。困ったときはお互いさまだろう。困ったときって言うのも変か。体調が悪いときは、お互いさまというべきだな。まあ、機長が大澤さんじゃなかったら、昼飯でも奢ってもらうところだけど」

邪気のない顔で笑って、残りのおにぎりをそのまま口に入れた。

「あんとき、大澤さん、本当に高久のこと、心配していたんだぞ。そのあと連絡したか？」

「あ、いや……そ、それより、今日の予定は？」

中山の問いは曖昧に誤魔化して、話を変える。

「さっき富山から戻ってきたところ。次は札幌便の便乗。ラッキーなことに、また大澤さんだ。これも、日頃の行いがいいからかな」

心から素直な気持ちで大澤を尊敬している中山は、親指を立てて自慢気に話す。

「大澤さんの便って、六時発の七三便か。ダッシュ四〇〇の」

「そう。その往復。詳しいな……っなんだ」

驚いた視線を向ける同期の肩を、野城は咄嗟に摑んだ。必死な形相を中山の顔の前まで近づけ、大きな瞳で見つめる。

「英輔。お前、疲れているだろう？」

「はあ？」

普段、とても冷静で滅多に表情を変えない野城の、突然の突飛《とっぴ》な行動が何を意味するのかわからないだろう中山は、気の抜けた返事をする。

「この間、風邪を引いたって言ってただろう」

「引いたのは引いたけど、一か月ぐらい前の話のことだろう?」

「それから、腹を壊したとも言っていたよな。背中が痛いとか腰が痛いとか。指を怪我したのは、いつだ。とにかく、無理はしない方がいい。パイロットは体が基本だ」

無意味なほど大きな野城の声は、ぼそぼそという話し声しか聞こえない待ち合い室の中で、やけに響き渡っている。

「高久。お前、何を言ってんの?」

中山は真顔で尋ねてくる。何がなんだかわからなくても、尋常《じんじょう》でない様子に、何かしら感じるものがあったのだろう。

野城にだけ聞こえる、低くて小さな声だった。

「頼む。一生のお願いだ。昼飯でも夕飯でも、なんでもお前の好きな物を奢ってやる。だから、札幌便の便乗、俺と代わってくれ」

野城は見つめ返してくる中山の目から視線を逸らさず、正直に胸の内を明かす。

理由を聞かれても答えることはできない。

ただ真剣な表情で中山の顔を見つめ、深く頭を下げた。肩に置いたままの指先が微かに震えていることに気がついていたが、その手を自分から退《の》けようとは思わなかった。

「どうしてもか？」

低い声の問いに野城は顔を上げ、強く頷いた。

「どうしてもだ」

「高久が自分の一生を賭けるぐらいの、必死な理由があるのか」

自分の一生を賭けるぐらい、必死な理由。

改めて問われて、野城は一瞬だけ考える。

公休のときに会いに行こうと思っていた。話を聞いてもらえなかったら。

けれど、もしそこで会えなかったら。

それを考えると、足が竦む。でも仕事で顔を合わせる以上は、野城を無視することはない。フライト中に余計な話をする時間はない。ただ、そのあとのタイミングを見つけることぐらいはできるはずだ。

同期に対してであれ、野城は人に頭を下げることを、良しとしていない。こと、プライベートが関わってきたら、これまでだったら絶対にできないことだった。けれど、大澤とのことでは、もはやプライドなどというものは、存在しないも同然。それこそ邪魔なプライドなど、捨ててしまった方がよほど楽だ。

もし土下座《どげざ》しろと言われたら、喜んでしよう。

「ああ」

「――わかった」

厳しい表情をしていた中山は静かに応じると、肩を竦め、目を細めた。

「そこまで言うなら、代わってやる。その代わり、この貸しは場合によっちゃ高くつくから、そのつもりでいろよ」

悪戯《いたずら》っぽく笑う中山に感謝して、野城はそのまま友人の胸に自分の額を押しつけた。

「ありがとう。英輔、ありがとう」

気を緩《ゆる》めると、涙が出てきそうなぐらい嬉しかった。

全部を話さなくても、わかってくれる友人がいる。

共に自社養成プログラムで入社し、厳しい訓練をクリアして、副操縦士の資格を手に入れた、かけがえのない仲間だ。

これまで友達と言える存在のなかった野城にとって、中山は大きな声で友人だと言える。

中山は野城の後頭部を軽く撫でると、自分の胸から引き剥がした。

「そうなんだ。実は腹が痛くて、さっきから何度もトイレ行っててさあ、風邪のせいかな……それとも、なんか変なモンでも食ったかなあ。だからさ、悪いんだけど、高久。スタンバイで入ってるなら、俺の代わりに飛んでくれないか？」

そして大袈裟《おおげさ》に腹を抱えるフリを見せ、周囲に自分の体調不良をアピールする。平気でおにぎりを食べていた人間のあまりに下手すぎる演技に、野城は泣き笑いの表情を作った。

野城は小声でそっと告げると、中山の体を抱え、ディスパッチャールームへ向かった。

「英輔。恩に着る」

定刻、ダッシュ四〇〇のキャビン二階で行われるブリーフィングに大澤が現れる。すでに便乗者が代わっていることなど知っているだろうにも拘わらず、野城の顔を見つけると露骨に眉間に皺を寄せた。

野城から目を逸らしても相変わらず不機嫌そうな大澤の表情を眺めていると、奮《ふる》い立たせた勇気や思い切りが、心の中でよろめくのがわかる。それでもここで怯んでいたら、何も始まらない。

クルーが自己紹介し終えたあとで、野城はぺこりと頭を下げた。

「本日、往復便のオブザーブ乗務をさせていただきます、副操縦士の野城高久です。よろしくお願いします」

まず片瀬に、それから次に大澤に向かって頭を下げるが、二人とも軽く会釈をしただけで流してしまう。大澤が不機嫌そうな表情を見せているのは、どうやら中山の代わりに野城がオブザーブ乗務することだけが理由ではなさそうだ。

そのぎこちない雰囲気はクルー全体に広がっている。キャビンアテンダントも気のせいか、通常よりも表情が固く見える。

「復路便は、新千歳空港二〇時半発、羽田着が二二時ちょうど。クルーの変更はないので、ブリーフィングは緊急事態が生じない以外はなしとする。以上」

片瀬は誰の意見も挟ませない、横柄としか思えない口調で話を進めると、そのまま一人で即コックピットへ向かってしまう。いかめしい表情の男がいなくなると、その瞬間ふっと空気が和《なご》み、キャビンアテンダントたちの表情にも笑顔が戻ってくる。

「往復便、よろしくお願いします」

野城がチーフパーサーである男性に声を掛けると、あまり年の変わらないだろう彼は苦笑した。名札には、「北城《きたしろ》」とある。

「もしどうしてもコックピットに居づらかったら、キャビンで息抜きしても構いませんよ」

冗談半分、本気半分で北城は笑った。

だが正直なところ片瀬と大澤の間の確執《かくしつ》について考えると、うんざりする気持ちがないわけではない。キャビンアテンダントにまでわかるほどの不穏《ふおん》な雰囲気を考えると、札幌往復便はかなりつらいものになるだろうことが、容易に想像できた。

北城に礼を述べてコックピットに向かうと、片瀬と大澤はすでにチェックを始めていた。

彼らの邪魔にならないように後部座席を用意して、手元のチェックリストを確認する。機長席であるレフトシートに座っているのは、片瀬だ。

「管制交信は私が行う」

片瀬は視線を前へ向け、有無を言わせぬ口調でライトシートに座っている大澤に言い放った。

「君は計器の数字だけチェックさえしていればいい。余計な口を挟まないように。一応四本線を持っているようだが、機長昇格に十分な航空時間を持っていない人間にはわからない、経験上の色々があるからな」

「……わかりました」

片瀬は大澤の入社経緯《けいい》を知っていてあえて、こんな言い方をしているのだ。後部座席で苛立ったところで、野城に口を挟む権利はない。

以前から好意を持っていなかった片瀬の印象が、さらに悪化する。

野城がダッシュ四〇〇の副操縦士資格が取れれば、今後片瀬と同乗する機会はあるだろう。個人的に悪感情を抱いては運航に支障が出るとわかっている。だからこれまで、できるかぎり他人に対する感情を育てないようにしてきた。でも片瀬に対しては、我慢できそうにない。

「それから、野城くん……だったか」

突然、思い出したように、片瀬は野城を振り返る。

「往復便、同乗させていただきます、副操縦士の野城です。お邪魔かもしれませんが、よろしくお願いいたします」

「まったく、どうして私の便のときに、オブザーブなんかを置くんだか……」

「片瀬機長が後輩パイロットの手本になるということです。後部座席に座っているだけなら邪魔にもなりませんし、気にされないことが一番だと思います」

やれやれと大袈裟に肩を下げる動作をする片瀬に対し、大澤は、宥めるような発言を口にした。

「まあ、それはわかっているんだが……ね」

片瀬にとって大澤という人間は、嫌みを言う対象であっても、腕は認めているのだろう。その大澤に誉められて悪い気はしないのか、片瀬は突然驚くほどの上機嫌になって、鼻歌を歌い始めた。

一方大澤は表情を変えることなく、計器を見つめていた。

大澤は基本的に他人を褒めない。つまり今の片瀬への言葉は、間違いなく「お世辞」だ。機長として必要最低限の技術は持っていても、片瀬は江崎が時折眉を顰めるほどの人格の持ち主であることは事実だ。それを、大澤は褒めた。

おそらく、野城への注意を、逸らすために。

確認することはできない。でも野城は、無駄にこれまで大澤のそばにいたわけではない。僅かな口調の変化や表情の動きで、本心を言っているのか、嘘をついているのか判断できる。

けれど、自分と大澤の間の感情や気持ちに関しては、まったくわからない。

新千歳空港へ向けて、日スタ七三便は定刻に羽田を経ち、好天にも恵まれて定刻より五分ほど早い一九時二五分に目的地へ辿り着いた。

戻りは、それからちょうど一時間後の二〇時半。

飛行機から降りて一服する間もなく、即、機に戻らねばならない。デブリーフィングを行っている大澤とは話をすることはできない。

野城は待合室で煙草を一本咥え、今のフライトでメモしたことを再確認する。ダッシュ四〇〇の審査は来年早々に控《ひか》えている。一回ごとのオブザーブ乗務が、すべて大切な訓練だった。

しかし、ライトシートに座らせてもらって確認するのと、後ろの席で前席で行われていることをメモするだけとは、会得《えとく》する事柄がまるで違う。

「この間、江崎さんにライトシートに座らせてもらっておいて良かったな」

中山に代わってもらった第一の理由は、大澤と話すきっかけを作るためだった。だが、パイロットとしての本来の目的を忘れているわけではない。だから多少の悔しさを覚えて、諦め半分で呟いた

片瀬の思っていた以上のワンマンぶりに、野城はもちろん、大澤ですら口を挟めなかった。弱音を吐くつもりはないが、改めて人間関係の難しさを実感する。

大きなため息をついた野城は、横に人の気配を覚える。

「お疲れ」

聞き慣れた、低音で語尾の掠れるハスキーボイスで、他に比べようのないセクシーな声に、相手の顔を認識する前に、野城の全身に鳥肌が立った。

ノートの横に置かれた大きな手。微かに漂う、メンズコロン。何もかもが一人の男——大澤健吾を形作っている。

「お疲れ、さまです……」

おもむろにやってきた大澤に対しどんな顔をすればいいのかわからず、野城は表情を強張らせた。

「せっかくのオブザーブなのに、申し訳ない」

緊張した様子を見せる野城などまるで無視して、大澤は向かい側の席に座り、長い足を組んだ。腕を前へ伸ばすように腕時計で時間を確認してから、脱いだ帽子をテーブルに置く。そして胸のポケットから煙草を、さらに内ポケットを探りライターを取り出し、火を点つけた。

見覚えのあるそのライターに、野城の目が吸い寄せられる。

「……ありがとう。気に入って使っている」

野城の視線に気づいたのだろう。大澤は顔の高さにライターを掲《かか》げてから、胸ポケットへと戻す。

その瞬間の仕種に、野城は思わず見入ってしまう。

伏し目がちな瞳に、長い睫毛。大澤の体の中に流れる、四分の一の外国の血。おうとつのはっきりした顔立ち。筋が通り高い鼻。いつ見てもハリウッド映画にでも出てきそうな端整な顔は、いつまで眺めていても見飽きない。

大澤は煙を軽く吐き出す。

そんな大澤の仕種や言葉に、野城の心臓は激しく鼓動する。

少し前までなら、こんなことはなかった。

松橋の話を知らずにいたら、そしてこの目の前にいる男の、心の傷を知らなかったら——。

「トリプルセブンもダッシュ四〇〇も、操作の違いはそれほど大きくない。一番大きく違うのは、乗っている乗客の数。自分が背負っている人の命の数だ」

長い指の間に挟まれた煙草の灰は、じりじりと長くなっていく。

色素の薄い茶色の瞳は、どこを見ているのか。光の加減によっては、金色に光っているようにも見える。

「そろそろ時間だ」

両手を膝に置いて俯いていた野城の頭を、遠慮がちに大きな手でくしゃりと優しく撫でると、大澤はまだ長い煙草を灰皿に落とし、優雅な動きで立ち上がった。

野城を見下ろす男の瞳が、これまで見てきたよりも、ひときわ優しく感じられる。先を歩く大澤の大きな背中を見ながら、野城は大澤の大きな手が触れた自分の頭に触れる。

掌の温もりが、全身に伝わってくるような、そんな不思議な優しさが感じられた。

新千歳空港発は、午後八時半を予定している。片瀬と大澤は、マニュアルどおりのテイクオフプリパレーションを行う。天候は曇り。特に普段と変わりはなかった。

離陸許可を得ると、キャビンに機内アナウンスが流れていく。

「テイクオフ」

片瀬のコールアウトでコックピットの中が騒がしくなる。様々な色の照明が灯された滑走路は、夜景の中で不思議な光を放っている。

夜間飛行は、何度見ても美しい。

飛行機が加速し、片瀬はラダーペダルを強く踏み込み、機体のバランスを取る。

「V1、VR」

大澤のコールは歯切れがよく、耳に馴染みがいい。

「V2」

機体がふわりと浮かび、そのまま上昇を続ける。野城はこの、セックスのときの絶頂感にも似た、浮遊している瞬間の感覚がとても好きだった。

「ギアアップ」

さらに機体は夜の闇へ向かい上昇を続ける。片瀬の言葉に応じて大澤が左手を伸ばしてギアレバーを操作する。するとランディングギアが下りていることを示し、緑色に点灯していたランプが、赤く戻らずに点滅を繰り返した。

妙な点滅に大澤が声を上げるが、油圧《ゆあつ》ポンプが作動し、ランディングギアが格納庫《かくのうこ》に収納される音が響く。

「問題ない。作動しているだろう」

片瀬はすぐに大澤の心配を否定するが、格納を確認する赤いランプが点滅し始めると、互いに顔を見合わせた。

そして次の瞬間、ギシッともガタンともつかぬ異常音がコックピット内に聞こえ、さらに機体が横に揺れる。咄嗟にランプに目をやると、点滅はそれと同時に終わった。

「もしかして、ギアが格納できていないのでは……」

「客室で確認してきます」

野城は大澤に応じるように急いで立ち上がり、上昇する機体のコックピットからキャビンへと移動した。非常扉近くにある車輪表示ランプを確認すると、格納できていることを示す、緑色のランプが点灯していた。

「ランプ、点灯してました」

「そらみろ」

コックピットに戻り見てきたままを伝えると、片瀬は大澤を横目で睨み、「このまま羽田へ向かう」と宣言した。

「しかし、もし重大な故障があったら……」

「このレーダーや計器類の他のどこに、故障を示すランプがついているというんだ。たまたま格納のランプが点滅しただけで、実際にはきちんと格納できているじゃないか。整備士のランプのチェックミスぐらいがなんだ。ぐたぐたうるさいことを言わず、君は黙って計器のチェックだけすればいいんだ」

大澤に対し、片瀬は高圧的に返してくる。

「何かがあってからでは遅いんです。他の計器類には異常は確かにありません。しかし、先ほどの揺れは、はっきりいって異常です。それはどう説明されますか」

だが大澤も、さすがにこの状態では、はいはいと頷いているわけにはいかなかったらしい。

「……っ、このまま飛行を続ける」

しかし片瀬は首を縦《たて》に振りはしない。

「片瀬機長っ」

野城まで、思わず、片瀬の名前を呼ぶ。

「天候は悪くない。燃料も十分ある。最終判断は機長である私が行う。余計な口を挟むな。もし文句があるなら、私はキャビンに行って、乗客全員にお前たちの無能さをばらしてきても構わない」

乗客の飛行機に対する信頼は、クルーへの信頼からも生まれている。その乗客の前で、飛行機においてトップの位置に立つ機長の無様《ぶざま》な姿を見せたら、皆が不安に陥ってしまう。

ギアのランプの点滅については気がかりだが、野城が確認した段階で、確かに格納はされている。

「わかりました。機長に従います」

大澤は苦虫《にがむし》を嚙み潰したような表情で、苦しそうに言葉を紡いだ。

「しかし、このあとでなんらかの異常を示す数字や合図があった場合には、即刻緊急態勢を取ってくださるよう、お願いいたします」

上昇への操作は怠《おこた》らず、大澤は片瀬に頭を下げた。

この場合、大澤の言葉は正当だ。それにも拘わらず、理不尽なことを言っている片瀬に対して頭を下げねばならない矛盾に苛立ちを覚えながら、野城はじっと堪えた。

自分が、あまりに不甲斐なかった。オブザーブで乗務させて「もらって」いる身分では、何も言えない。本来は、外からの意見にもPFは耳を貸すべきだが、片瀬はそれを許していない。機長の資格を持つ大澤の言葉も聞かないところに、証明されている。

野城たちの心配をよそに、七四便は予定どおりの航路を辿り、巡航高度を羽田へ向かって飛び続けていた。ギアによる異常も特にない。ただ、コックピットには重苦しい空気が満ち、呼吸することすら苦しい状態になっている。

キャビンから飲み物のオーダー確認がきても、キャビンアテンダントはコックピットの空気を感じ取った時点で、表情を強張らせているほどだ。

「あの、機長は日本茶。ＰＮＦはコーヒー。僕はジュースでお願いします」

慌てて野城が明るさを装って頼むと、おそらくまだ新米だろう女性は、ほっとした様子でキャビンへ戻る。羽田まで、残り三〇分程度だ。胃の痛くなるような時間は、僅かで終わる。

「機長。そろそろ、アプローチプリパレーションをお願いいたします。ギアのことも気がかりですし……機長？」

大澤は長い沈黙を破ってチェックリストを取って片瀬に顔を向けるが、不意に大きな声を上げて腰を浮かす。それにつられて野城も席を立つ。

「どうしましたか、機長。どこか具合でも…」

レフトシートに座っていた片瀬は、狭いその場所で体を半分に折り、両腕で腹を抱えていた。広い額には脂汗が浮かび、表情は苦しげで両目は固く閉じられ、唇を強く噛み締め、呻き声だけが零れ落ちてくる。

「どうされましたか、片瀬機長」

「野城」

片瀬の体を抱えるようにした大澤に、名前を呼ばれる。意図していることがわかって、野城は急いでキャビンへ向い、パーサーをコックピットへ招き寄せた。

「機長の様子がおかしいんです」

「え……?」

パーサーの表情が一瞬にして変わる。

「お医者さまが乗っているかどうか、急いで確認してください。それから、機長が倒れたことは、他の乗客には伏せておいてください」

「わかりました」

パーサーはすぐに社内アナウンス用の受話器を手に取った。そしてアナウンスがキャビンに響き渡るのとほぼ同時に、オーダーしたドリンクが運ばれてくる。

「あの……」

「ありがとう。僕が運ぶ」

心配そうなキャビンアテンダントを安心させるように笑顔で応じ、トレーを受け取りコックピットへ戻る。

「片瀬機長の容体《ようだい》は……」

片瀬はレフトシートから外れて、先ほどまで野城が座っていた椅子で上半身を屈めていた。

「おそらく胃の痛みだとは思うが、俺にははっきりしたことはわからない。医者は……?」

「今、パーサーに聞いてもらっているので、すぐに連絡が入ると思います」

大澤の問いに野城が答えたそのタイミングで扉がノックされる。急いで立ち上がって内側へ開くと、チーフパーサーの北城とともに、見知らぬ初老《しょろう》の男が立っていた。

「内科のお医者さまがいらっしゃいました」

北城の言葉のあと、男が頭を下げる。

「都立病院内科医師の橋本《はしもと》と申しますが。急病人というのは？」

「機長です。容体を診《み》ていただけますでしょうか」

さすがに驚きの様子を隠せない医師を、野城は促す。そして手伝いをするように、痛みのために自分では動けない片瀬の体を肩に手をやって抱き起こした。

橋本は自分の医療用鞄から聴診器《ちょうしんき》を取り出して脈を確認し、腸に手をやり、呻き続ける片瀬に問診《もんしん》等をする。そして少ししてから医師は、自分の診断を告げる。

「急性の胃炎もしくは、胃潰瘍《いかいよう》ではないかと思います。正確なことは検査なしに申し上げられませんが……」

聞き慣れた病名ではあるが、それがどの程度緊急を要するものかはわからない。

「緊急着陸して、病院へ連れていく必要はありますでしょうか」

「羽田到着の予定は三〇分後ぐらいでしたよね？　先に空港に連絡しておいて、即対応できれば問題ないかと思います」

橋本の説明に、その場にいた誰もが安堵の息を漏らした。

「それから、安静が必要です。楽な姿勢で寝られる場所はありませんか」

「キャビンの、スーパーシートはどうだろうか。チーフパーサー、スーパーシートに空きはありますか」

「はい、あります。でも、そうなると機長が倒れた事実がお客さまにわかってしまいますが、よろしいでしょうか？」

大澤の問いに、即座に返事がある。

「それについては、私が説明する。その前にクルーに連絡をして、混乱が起きないよう、指示を与えておいてください」

「わかりました」

「それから申し訳ありませんが、先生は機長のそばについて、容体を診てくださいますか？もし異変があれば、すぐ近くのクルーに伝えてください」

大澤の的確な指示で、北城は急いでキャビンに出てシートの準備をして、キャビンアテンダントは毛布や枕の用意をした。

にわかに慌てるクルーの様子を訝しげに思っていた二階のスーパーシートの乗客は、コックピットから運ばれてきた機長の姿に騒然《そうぜん》とするが、北城がすばやく対処する。

「ご安心ください。当機は機長が二人と副操縦士が乗務しております」

野城は片瀬の額の汗を拭いながらその言葉を聞いていた。

片瀬のことはクルーに任せ、野城はすぐにコックピットへ戻る。

「野城くん。不安はあるだろうが、とりあえず今はそれらを無視して、右の席へ着いてくれ」

アプローチチェックを済ませた大澤は、野城に有無を言わせぬ口調で指示してくる。

「大澤さん……あの……」

「ダッシュ四〇〇の操縦輪を握ったことは？」

野城より先に尋ねてくる。

「江崎機長のときに一度だけ。オブザーブ回数も多くはありません」

大澤に合わせられていた椅子の位置を調節する。シートベルトを締める手が、初めてトリプルセブンのコックピットに座ったときよりも、遥かに緊張していた。

「シミュレーターは何度も操縦したことはあるだろう？」

野城が緊張しているのを知ってか、大澤は少し口調を穏やかなものに変える。

「数回、ですが」

「だったらそれで操縦については、問題なしだ。PNFの経験済みなら、それはさらにありがたい。シミュレーターほどの緊急事態は、さすがにそう簡単に起きない。要は着陸さえできれば十分だが、問題は、そこにある」

が、続けて大澤は気になることを言う。

「お前の腕の問題じゃない。ギアだ」

「ええ。あれは俺も気になっていました」

片瀬がいなくなった途端多少気が緩み、野城は自分のことを「僕」でなく「俺」と言った。

「可能性としては、ギアが着陸の段になって下りてこない場合がある。もしくは下りてきても固定されていないか……」

いずれにしろ、着陸はひどく困難になるかもしれない。

「羽田の管制塔にはなんと連絡をすればよろしいでしょうか？」

「まずは片瀬機長のことだけは連絡し……」

『クルー全員に機長のことを連絡しましたので、お願いいたします』

大澤の言葉を遮るように、キャビンからの連絡が入る。

機長交代は、黙っていてもいずれ話は広がる。無駄に心配を煽るより、先に事情を説明した方が、乗客も安心するだろう。

大澤はキャビンへのアナウンス用にマイクを切り替えた。

「ご搭乗中の乗客の皆様へご連絡いたします。当機は現在羽田空港へ向かい順調な運航を続けておりますが、先ほど当機のもう一人の機長が体調不良のため、現在キャビンにて安静を取っております」

おそらくキャビンでは今頃、驚きや不安の声が上がっていることだろう。その間《ま》を考え、大澤は一度言葉を切って、改めて口を開く。

「しかしながら、ご安心ください。飛行機は通常、二人体制で操縦を行っております。現在皆さまにご説明申し上げております私、大澤も機長資格を持っておりますので、羽田までの飛行には、一切の不安はございません」

乗客はおそらく、印象的で説得力のある声に不思議な感覚を覚えているに違いない。

「また本日は、さらにもう一名副操縦士が同乗しております。ですから、皆さまがご心配なさる必要はございません」

大澤は余計な不安を煽らないため、機体についての説明はしなかった。

説明を終えて即、キャビンからの連絡が入る。乗客は一瞬騒然としたが、大澤の説明で安心したと言う。大澤自身も安心したように小さなため息をつくと、顔を野城へ戻す。

綺麗な目に突然射抜かれるような視線を向けられ、野城の心臓の鼓動が速まった。

「話の途中で申し訳なかった。カンパニーラジオで、片瀬機長のことと野城副操縦士をライトシートに置くことは伝えたが、ギアについては改めて確認してからの方がいい」

高度は着実に下がり始めている。ATISには連絡して、羽田への着陸は滑走路三四Rへ、計器によるILS進入と確認済みだ。しかし万が一のことを考えると、早急に対策を取らねばならない。本来はもっと早い段階で確認すべきところだったが、片瀬がレフトシートにいる間は、それが許されなかった。

野城は大澤の指示に従いギアダウンのスイッチを操作するが、まるで反応がない。

「大澤機長……」

野城の言葉に、大澤は強く頷く。

野城は緊張する気持ちを追い払い、再度ボタンを押すが結果は同じだった。

「キャビンからもう一度確認してきます。大澤さん、お願いします」

野城はシートベルトを外してコックピットを出る。それから離陸のとき同様にキャビン内で確認すると、後部車輪のうち右側だけがギアダウンを示す緑色のランプに変わっていた。

「駄目か……」

絶望的な気持ちになりながらコックピットに戻る。

「どうだった?」

「片輪しか下りていませんでした」

「そうか」

大澤は静かに応じた。

「急いでタワーに連絡を入れてくれ。緊急通信だ」

「了解」

野城は急いで席へ着くと、ヘッドセットを頭に載せ、羽田の管制塔へと連絡を入れる。

「東京アプローチ。こちら日スタ七四便。日本語での通信許可を願います」

現在位置を知らせたあとで続けると、すぐに返事がある。

『こちら東京アプローチ、日本語での連絡を許可します。現状を報告してください』

管制も慣れたもので、戻ってくる声は実に冷静だ。

野城がちらりと視線を向けると、大澤は親指を立てて自分のマイクをセットした。

離陸直後のランプの点滅、同時に生じた異常音。片瀬機長の体調不良。さらにギアが右後部以外、ダウンしない旨《むね》を伝える。

残量燃料は十分で、緊急事態発生用のために積んだ予備燃料もある。胴体着陸をするとなると、火災の起きる可能性があるため、できるだけ少ない方がいい。

『レーダーで空港まで誘導します。空港上空まで辿り着いたら、高度五〇〇〇フィートでローパスしてください。下からなんとか確認してみます』

ローパスとは、低い高度で空港上空を旋回《せんかい》することだが、夜の暗闇の中で車輪をどこまで確認できるかは怪しい。とりあえず了解して無線を切り、カンパニーラジオでも事故の連絡を入れる。

「他に異常がないか、それが一番心配だ。僅かな変化も見逃さないよう、注意してくれ」

「了解しました」

普段は冷静な大澤の表情が、微かに緊張しているように見えた。

その理由は、単に車輪故障が原因ではない。もしかしたら同じ航路で起きた、自分の父の起こした事故を思い出しているのかもしれない。

そこに思い当たった瞬間、野城自身の記憶も蘇る。

自分を抱きしめたまま息絶えた父の体の重み。キャビンに立ち込める、ガス。急激に上昇した空気。激しい衝撃。潰れたコックピット。

あのときの事故も確か、車輪故障が原因のひとつだった。前のめりに滑走路に突っ込んだ機体はブレーキが効かず、海へと半身を落とした。

あのときと現況《げんきょう》が同じではないとわかっている。けれど様々な要因が、ひとつの結果を推測させ、野城の背筋を、ひやりと冷たいものが走り抜ける。しかしここで野城が恐れていたら、大澤にプレッシャーがかかるに違いない。あの事故では、大澤も大きな傷を受けた。そして、あれから二〇年近く経った今も、まだ完全には癒えていない。

予定では、あと二〇分程度で、本日の羽田の着陸のすべてが終了する。ゴーアラウンド、もしくはミスドアプローチをする可能性を考えて、残量燃料についても計算し直さねばならない。

高度が下がるにつれ、緊張の漲るコックピット内に、やがて管制からの連絡が入ってくる。

『日スタ七四便。こちら東京タワー。聞こえますか』

「こちら日スタ七四便。先をどうぞ」

管制の区分が変わったのだろう。聞こえてくるのは、透明で明確な松橋の声だった。野城はその声にほっとする。彼がどうして、管制塔のラプンツェルと呼ばれるのか。自分が緊急事態におかれて初めて、その理由がわかるような気がした。

普段は冷たさを感じる声が、切迫した状態で聞くと、冷静でありながら優しい声に思えるのだ。塔に登ってくる王子様を手助けするために、長い髪を下ろした姫を思わせるというのも、納得できる。

『江崎機長がいますので、代わります。お話をどうぞ』

聞こえてきた名前に、思わず野城は大澤と顔を見合わせた。

『大澤くん、聞こえるか』

聞こえてきたのは、確かに江崎の声だ。操縦についての話をするために、おそらく社の方からの要請があったのだろう。

「よく聞こえます」

大澤の声にも、少しだけ安堵の色が見える。

『片瀬機長の容体はどうだ？』

「先ほど機内に同乗されていた内科医の先生に診ていただいたところ、急性の胃潰瘍、もしくは胃炎だろうというお話でした。今はキャビンで横になられていて、落ち着かれてます。着陸次第、病院に移送《いそう》する手はずは整えていただいています」

『状況はおよそ把握《はあく》した。ローパスしてはみるが、右後部の車輪しか出ていなかった場合、胴体着陸はやむを得ないだろうと思う。確か君は、アメリカでかつて実際に胴体着陸をしたことがあったはずだね？』

「ええ、一度だけ。ただし機種はダッシュ四〇〇でなく、エールバス社の飛行機でした」

緊迫した状態でありながら、相手が江崎だからか、大澤の喋りは冷静そのもので、どことなく余裕すら感じられる。

一通りの話を終えたあとで、江崎は胴体着陸時の詳細について、大澤と確認を取っていく。野城も緊急事態チェックリストを確認し、シミュレーターでしか経験したことのない事柄を、頭の中へ詰め込んでいく。

『とにかく、頑張ってくれ。こう言うとプレッシャーになるかもしれない。でも、乗客乗員すべての命は、君の腕に掛かっていると言っても過言ではない。だから、頑張ってくれ』

江崎は最後に、半ば懇願《こんがん》するようにつけ足す。大澤はふっと目を軽く閉じ、小さな笑みを顔に浮かべ『心得ています』と応じた。

◆

連絡を終えると、管制塔のＶＦＲルームにいた江崎はヘッドセットを外し、隣の部屋に移動し、沈むように椅子に腰を下ろした。

江崎は一時間ほど前に最終フライトを終え、報告書を提出するために訪れたディスパッチャールームで、七四便の異常事態を知った。それから上層部からの依頼で、緊急事態に対処するため、管制塔へ来たのだ。

頭の中に蘇ったのは、過去の忌まわしい事故だ。当時入社したばかりの江崎にとって、尊敬すべき先輩機長の命を奪った事故は、衝撃や悪夢でしかなかった。不運が重なったのはわかっている。警視庁および運輸省航空局の事故対策委員会は、機長の判断ミスによる事故だと結論づけた。

けれど大澤の父である碓井康人という男が、そんなミスをするとは、江崎にはどうしても思えなかった。

あの事故から二〇年が経った。そして現在、羽田上空で、あのときの機長の息子たちが、彼らの父親が死亡したのと同じような事態に直面している。

なんたる偶然か。運命の悪戯と言うには、あまりに悪質で皮肉すぎる。

機内の彼らに語りかけるのは不安だった。

大澤の力強い返事だけが、せめてもの救いだった。

「江崎機長。コーヒーでもいかがですか?」

松橋の声に、江崎は顔を上げる。

「君の声を聞いていると、安心する」

「何をおっしゃっているんですか」

松橋は少し照れた様子で、テーブルにコーヒーを置いた。

「そうだな……、熱いのを一杯、いただこうか」

「それでは、あちらへ移動しましょう。しばらくの間は、私たちも休憩できます」

しばらくの間。それはつまり、燃料がリミットに達するまで、二人が乗務する飛行機が着陸態勢に入るまで。

「あの機に乗っている人たちには、コーヒーを飲む余裕などないだろうにな…」

「そんなことないでしょう。乗客の方々はどうかわかりませんが、とりあえず大澤は、そんなやわな人間ではありませんよ」

松橋は柔らかな笑みを表情に浮かべる。

「そういえば君は、航空大学で、大澤くんと同期だったとか?」

「遊びたい盛りの悪戯仲間です。私は結局就職試験には滑ったのですが、航空関係の仕事にどうしても就きたくて、航空管制官になるために、航空保安大学に入り直しました」

羽田の管制官は数多い。長年パイロットを務めている江崎でも、声だけで誰が誰かを聞き分けることはほとんどできないが、松橋だけは別格だった。

扉一枚外では、緊急事態に備えた緊迫した空気が漂っているが、松橋と対峙《たいじ》してコーヒーを飲んでいると、江崎は不思議と安心した気持ちになれた。

「江崎機長は、野城くんのお父さんのことはご存知なんですか?」

「私が入社した当時、色々世話になった。パイロットとしてあるべき姿を、私はすべて、野城機長に教わったんだ」

「そうなんですか」

「だから、高久くんにはつい甘くなる。それこそ、自分の子どもに対するよりも、甘いかもしれない。本来なら、厳しくしなければと思いながら、彼の顔を見ていると、どうしても機長の顔を思い出すらしい」

苦笑する江崎の目尻には、細かい皺が幾本《いくほん》も寄る。

「その分、健吾……大澤さんが厳しいので、プラスマイナスゼロだと思います」

穏やかな笑みを浮かべる松橋につられて江崎も小さく笑う。

おそらくこの男も、過去の事故の因縁を知っている。

笑いながらも、二人の気持ちは羽田上空に向けられている。

なんとしても、無事に着陸してほしい。いや、着陸しなくてはならない。

過去の記憶を癒すためにも。

◆

高度五〇〇〇フィートまで下げたところで、日スタ七四便は羽田空港上空をローパスする。そして、空港にいる整備士から無線連絡で、やはり車輪は右後部以外下りていないという連絡が入ってきた。

「そうか……」

わかっていたこととはいえ、改めて現実を突きつけられるのは、気分のいいことではない。大澤の声は淡々としていたが、スイッチ類に伸ばす野城の指先は、どうしようもなく震えてしまう。

整備士の連絡ののち、管制から再び連絡が入る。胴体着陸の際の火災の可能性を考え、他の便をすべて着陸させたうえで対処すべきと判断されたらしい。

『風向きはおそらく、二七〇度から三二〇度の間となると思います。その条件で希望の滑走路がありましたら、どうぞ』

風向きと、胴体着陸したのちに、左旋回《せんかい》する可能性を考えると、指定滑走路がベストだ。

「予定どおり、三四Rへ、三四Rでお願いします」

『了解。三四Rへ、ILS進入を許可します』

大澤はヘッドセットを外し、両手を天井へ向けて大きく伸ばした。

「ついていないな」

そして野城へ子どものような笑顔を向けてくる。

　これまで見たことのない、その表情に野城は言葉を失う。

「中山の代わりに乗務したら、機長はワンマンな上にPNFは俺だ。さらに機体は故障する。下手をしたら、シミュレーターの訓練よりもひどい状況かもしれない」

「そ、そんなこと、ありません」

　野城はヘッドセットを外し、力いっぱい大澤の言葉を否定する。しかし大澤はまるで信じていないのか、「別に気を遣ってくれなくても構わない」と笑う。

「すまない」

　さらに、ぽつりと謝りの言葉を漏らした大澤の瞳が、野城の顔を映してゆらりと揺れる。瞬間、心臓が素手《すで》で摑まれるような痛みを覚える。

「何を、謝っているんですか」

「高久には、ずっと謝らなくてはいけないと、思っていた。だがタイミングを逃していた——」

「大澤さん……」

「無理に抱き続けて、すまなかった」

　続く言葉に、野城の全身が震えた。

「謝ってすむ話でないとわかっている。だが謝らないではいられなかった。本当はこの間山口で謝るつもりだったんだが、あのときも言いそびれた。親父の事故のことも気になっていた。

いつか言おう、言わなくてはならないと思いながら……このありさまだ」

大澤の声には、どこか自虐的な響きが感じられる。

どうしてこんなときに、そんなことを言うのか。尋ねようと思うのに、唇が震え、言葉は喉でつっかかって出てこない。あまりのもどかしさに涙が零れそうになったが、それを必死に堪える。

「い、今さら謝られても……」

言いたいこと、伝えたいことはたくさんある。けれど、やっとの思いで言葉になったのは、あまりにも中途半端だった。

「許せない、か。それはそうだろう。でも、謝らずにはいられなかった」

ハスキーな声は、寂しい言葉を紡ぐ。大澤が謝る必要などない。だから大澤の言葉を否定するつもりだったのに、思いは言葉にならなかった。

「そんな……そんな余計なことを言う暇があったら、ランディングブリーフィングをしてください」

自分の動揺を知られるのが嫌で、わざときつい口調になった。そしてあからさまに顔を逸らす。大澤の瞳を見ているのが辛かったのだ。

「そうだな……悪かった。今の話は忘れてくれ」

静かな声がコックピットに響く。大澤らしくなく歯切れの悪い言葉を、彼がどんな顔で口に

したのか、野城は確認できなかった。

乗客に状況と着陸後の脱出方法を説明したのち、念のため衝撃を柔らげるため、毛布や枕を腹の間に挟むよう準備を整えたと、北城からキャビンの様子が伝えられる。

片瀬の状態は安定しており、この調子なら十分着陸まで持ちこたえられるだろうと言う。

「車輪故障を伝えたあとのキャビンの様子はどうですか？」

「落ち着いています。片瀬機長の連絡をしたときの大澤機長の説明がよかったのでしょう。あの機長なら大丈夫だろうと、皆さん、信頼しておいでです」

心配した野城の問いに、北城は穏やかな口調で応じた。

さらに野城は管制塔へ連絡をして、羽田空港の現況を尋ねた。着陸予定時間からは、すでに三〇分が過ぎている。

『風は三二〇度の方向から五ノット。滑走路はドライコンディション…』

着陸予定の三四R滑走路近くに、他の飛行機の姿はないとのことだった。

「ランディングチェックは繰り返さないが、高度や進入ポイントについて確認をする。落下地点は、通常よりも手前。おそらく右車輪接地後、機体は左旋回を免《まぬが》れないだろう。ラダーで方向を維持《いじ》するつもりではいるが、たかが知れている。それから、通常より滑走距離が伸びると思われる。できるかぎりの手は尽くすが、ハードランディングになる可能性は高い」

　大澤はマニュアルに書かれていることにプラスして、己の経験上からの注意点を野城に説明する。何百トンもある飛行機の胴体部分を支える車輪のすべてが出ない以上、どれだけ操縦技術が優れている大澤でも、着陸の際に激しい衝撃を伴うことは免れないだろう。

「最初からマニュアル操縦で行く。スラストレバーの操作は任せる。計器のチェックは気をつけてくれ。以上。何か質問は」

「特にありません」

　野城は腹に力を込めて返事をする。

　大澤はヘッドセットを直し、右手をスラストレバーへと置く。

　それから二人は、目の前へはっきりと現われてきた滑走路を見つめた。

「東京タワー。日スタ七四便。四・五マイルス・オン・ファイナル」

　最終クリアランスの要求。

『日スタセブン・フォウ。東京タワー　ラジャーウィンド…クリアード・ツー・ランド・ランウェイ・三四R。ゴッド・ブレス・ユー』

　着陸許可を出したあとで、松橋は続けた。

　God bless you.――――神の御加護《ごかご》がありますように。

「ふざけたこと、言いやがって」

　松橋の言葉に大澤は照れ隠しのように、少し乱暴な口調で応じた。

野城は大澤の言葉を複雑な気持ちで聞きながら、徐々に下がっていく高度を計器で確認する。

「アプローチング・ミニマム」

「チェックト、……野城」

計器に表示される高度を告げたあと、大澤に名前を呼ばれる。

顔を確認する余裕はなく、「はい……ミニマム」と、着陸決心高度が到来したことを告げるついでに返事をした。

「ランディング……これが最後かもしれないから、心残りのないように言っておく」

間髪入れないランディングをコールアウトしてすぐ、大澤は徐々に下降する機体の中で、なお野城に話し掛けてくる。

「迷惑かもしれないが、俺は……を、……だ」

「聞こえません。もう少し大きな声で言ってください」

『ワンハンドレット』

対地高度を人工音声がコールし始めた。

轟音の上にコンピューターの高度を告げる声に邪魔されながら、野城は大声で確認する。

大澤の声が聞こえてこないのは、周囲がうるさいからだけではない。彼の声が小さいのだ。

「高久のことを、愛している！」

だがほんの一瞬だけ、野城の耳はクリアになった。しばし呆然とした次のときにはもう、轟音が戻ってくる。

「ど、どうしてこんな緊急事態に、そんなことを言うんですか」

頭の中は着陸に備えた緊迫感で満ちていて、とても他のことを考える余裕はない。それなのに大澤にどさくさ紛れに告白されて、野城は怒鳴る。いったいどんな顔で、大澤がとんでもないことを言い出しているのか。確認したくても、顔を横に向けることすらかなわない。

「お前は迷惑かもしれないがな。どうせ死ぬなら、俺は高久と一緒で幸せだ」

「死ぬなんて縁起でもないことを、こんな状態で言わないでください。それに俺は迷惑だなんて言った覚えはないし、だいたい俺の気持ちの確認なんてしたこと、ないでしょうっ」

『フィフティー…フォーティー…』

滑走路が目前に迫ってくる、野城は自分が何を言っているのか自覚がなかった。

『トゥウェンティ……』

「だから今聞いているんだ。俺のことを、どう思ってる」

「……嫌いだったら、今頃パイロットなんて仕事、やっていません」

野城が意地になって怒鳴った直後、ドスンという激しい衝撃と音が響き、一本だけ生きている車輪が接地したことを知る。

「俺のことを愛しているなんて言いながら、一緒に死んでもいいなんてふざけたことを抜かしている暇があるなら、絶対に飛行機を停めて、地上でもう一度言い直してください」

野城は怒鳴りながらも計器の確認をしながら、左手でスラストレバーを操作し、逆噴射《ふんしゃ》をかける。

さすがにそこで大澤の返事はない。

大澤はしっかりと操縦輪を握りラダーで機体のバランスを取り、強くブレーキを踏み締めていた。

滑走路とタイヤが摩擦《まさつ》を起こす激しい音が聞こえ、機体が上下に激しく揺れた。

機体は惰性《だせい》でぎりぎりバランスを保っていたが、ブレーキがかかり速度が落ちるにつれ、目に見える速さで左側へと傾いていく。

そして、金属と滑走路が激しく擦《こす》れる音が響き、がくがくとすさまじい衝撃が機体を襲った。

それでもまだ、どれだけブレーキを踏み締めていても、機体は停まらない。

「くっそう」

機体と同じように体が斜《なな》めになった状態で大澤は唇を噛み、必死になって闘っている。彼の口から零れた悔しそうな声に、野城は堪えられなくなった。

「大澤さん、好きです。好きですっ、大好きです。だから……っ」

鼓膜を引き裂くような爆音の中、機体を停めることに精いっぱいの大澤の耳に、野城の声が届くとは思えない。けれど、この瞬間、伝えなければ絶対に後悔する。野城にも今、大澤の気持ちがわかる。

大澤が操縦しているのだから、絶対に機体は停まる。停まらなければならない。野城の胸の内から、次から次に、大澤への言葉が溢れてくる。言葉にしなければ、破裂《はれつ》してしまうぐらいに、胸が苦しくなっていた。

「だから、絶対に停止させてください！　それから…それからっ……！」

野城はただひたすらに叫び、頭を操縦輪に押しつけ、左手はスラストレバーを強く握ったまま、すべてを大澤と運命に委《ゆだ》ねるしかなかった。

死にたくない。死にたくない。大澤と中途半端な状態で、終わりたくない。

滑走路に不時着し、炎上した機体。自分を庇って、死んだ父。すべてが重なっていく。

でも、違う。

自分は助かる。大澤が助けてくれる。二人でこの飛行機を守る。絶対に、何があっても。野城は強く念じる。

「いける、いけるぞ、高久」

きつく両目を閉じていた野城の耳に、大澤の力強い声が届く。そして同時に、機体の移動するスピードが弱まっているのがわかった。

そっと顔を上げてスピード表示を確認すると、ゼロに近づいている。

機内の時計は、零時ちょうどを表示していた。

「……大澤さん?」

野城は恐る恐る、レフトシートにいる大澤に顔を向ける。大澤は眉を上げて肩を竦めた。

「どうやら生き延《の》びているらしいぞ、お互いに」

「あんな緊急事態に、男に告白する人間は天国に不要だって思われたんですよ、きっと」

死の恐怖から逃れた安堵で野城の全身は大きく震えていたが、それでも大澤につられて憎まれ口が出てくる。

しかし、体は正直だ。スラストレバーを握っていた左手は、強ばったまま動かない。パーキング状態に変更するために、指の一本一本を剥がさなくてはならないのだが、右手も大差《たいさ》ない状態だった。

「ああ…もう…」

着陸はできても、火災がこの先起きないとは言えないし、計器の異常が起きていないともかぎらない。

乗客は無事か。片瀬機長の容体は。

飛行機の乗務員としてしなければならないことは山積みで気ばかり焦るが、体が言うことを聞かない。自分で自分に苛立っている野城の手に、横から大きな手が添えられる。

「大澤さん」

いつも温かい彼の手も、緊張からか指先が冷え、震えていた。

どれだけ表面上はにこやかにしていても、見事なまでの操縦技術を持っている男でも、野城と同じ恐怖、いや、もしかしたら、父親が起こした事故の記憶があるぶん、野城よりも強い恐怖を感じていたかもしれない。

急激に、大澤への愛しさが押し寄せてきた。野城は自分の左手の上にある男の手に右手を添え、そして自ら体を大澤の方へ寄せる。

野城はシートベルトをつけたままの不安定な体勢だったが、外している余裕はなかった。

「高久……愛している」

間近に迫ったところで、綺麗な線を描いている大澤の唇が、甘い吐息と共にハスキーな声で優しい言葉を紡ぐ。野城が応じる前に、そっと唇が塞がれ、それに促されるように静かに瞼を閉じる。

唇と唇が触れるだけのキス。これまで繰り返し交わしてきたキスの中で、一番甘くて優しい。

名残惜しげに離れていく唇を追い、うっすら開けた目に大澤の優しい笑顔が飛び込んでくる。

すると瞳から、一筋の涙が零れ落ちていった。

「大丈夫です……大澤さん。俺たちは、生きています」

一緒に死ぬかもしれないと思ったときに、この男と一緒なら死んでもいいと思った。この男と一緒にいたいから、死にたくないと思った。いなくなる悲しさを思って好きにならないのではなく、ずっと一緒にいるために、好きでいたいと思う。

大澤と一緒にいたい。この男の生きざまを見ていきたい。

この気持ちこそ、愛と呼べる感情かもしれないと思う。ずっと胸の中で凝《こ》り固まっていた、言葉にならない感情のすべてが大澤という人間に向けられている。

嫉妬も屈辱も尊敬も何もかも、大澤によって生まれ、大澤によって育てられた。

愛しい。誰よりも愛しい。

どんなわがままでも、どれほど自意識過剰で自信に満ち溢れていても、どれだけ優秀なパイロットでも、自分の前で涙を流している。

溢れそうなほどの感情が、訴えている。自分は大澤健吾という人間を、愛していると。

もう偽《いつわ》る必要はない。自分に素直になって、大きな声で訴えてもいい。

そして同時に、愛されていることを、実感する。

たった今与えられた、優しさ。

その気持ちを言葉でもって大澤に返し、スラストレバーから離れた左手を男の頬へと伸ばす。

大澤はその手をしっかりと両手で握り、額を押しつけた。

そして何かに祈るように目を閉じ、小さな声で呟いた。


——父さん、ありがとう、と。

ランディング——着陸

着陸の際は火災もなく爆発もなかったが、まだ何が起きるかわからない。

白煙を上げた胴体部分に、滑走路近くに待機していた消防車が素早く予防の消火活動を行い、下からの合図で、野城は緊急脱出用のシューターを作動させた。

脱出個所《かしょ》は、最後部と中央より後ろにある右側出口。

キャビンアテンダントの案内で乗客は慌てることなく、機体から脱出していく。

乗客に混ざって降りた片瀬は、待っていた救急車に乗り込み、病院へ向かったと、北城からの連絡が入る。

「機長と野城さんも、降機してください」

斜めになった操縦席から手を取り合ったまま逃れ、キャビンを通り非常口まで向かう。

床には様々な物が散乱しており、衝撃の凄《すさ》まじさを示しているが。改めて重傷者が出なかったことは不幸中の幸いだ。

そしてシューターで順番に降りて、滑走路までやって来たバスに乗り込む。緊張状態のせいで無言のままビッグバード搭乗《とうじょう》ゲートまで辿り着いた途端、まばゆいばかりのフラッシュに迎えられ、野城はあまりの眩しさに目を手で覆った。

「大澤機長、お疲れさまでした」

「ナイスランディング」

まるで蜂《はち》の巣をつついたような騒ぎで、大澤と野城はあっという間に、記者に取り囲まれた。

「あの……」

乗客や、野次馬が混ざった状態でごった返し、どこをどう進めばいいのかもわからない。

「大澤機長、野城副操縦士、こちらへどうぞ。記者の皆さま、事故についてはのちほど改めて会見を行いますので、それまでお待ちください。お願いします」

困惑する野城と大澤の前に日スタの社員と警備員が現れ、瞬時に出口までの通路ができた。

やっとのことでエレベーターに乗り込むと、一息つくことができた。

「すごいことになっているようですね。もしかして、一躍《いちやく》有名人ですか?」

「そのとおりです」

日スタの社員章を襟元《えりもと》につけた男は、野城の言葉に大きく頷く。

「あの状態で、乗客乗員の全員が、ほとんど無傷といっていい状態で戻ってきました。おまけに、PFのいない最悪の状況です。事故調査委員会の調査が入り、事故の原因が究明《きゅうめい》されますが、大澤機長が英雄であることに、違いはありません」

男は、興奮気味に語る。

「英雄、ですか」

大澤はぼんやりと呟いて口を噤んだ。野城は何も言わず、大澤の横に立っていた。

ディスパッチャールームでも、拍手で迎えられる。

「お疲れさまでした」

野城は居たたまれない気持ちになるが、大澤はいつもと変わらぬ様子で報告書を提出する。

「詳しい状況については、明日早速会議を開きますので、そこで説明していただきます」

二人揃って頷く。

「それから、お疲れのところ大変申し訳ありませんが、大澤機長はこのあと本社役員とともに、記者会見の会場に出席してください。野城副操縦士は、お帰りくださって構いません」

「わかりました」

その言葉に、瞬時に野城は大澤と視線を絡ませるが、とりあえずそのまま素直に応じる。

「明日のフライトの予定はすでに変更済みです。ご安心ください」

「わかりました。それでは、お先に失礼します」

野城はぺこりと頭を下げると、ステイバッグを持って、ディスパッチャールームをあとにする。大澤を振り返ることはなかった。

記者会見会場として用意された空港ビル内の会議室へ向かった大澤は、江崎に出迎えられた。

「見事なランディングだった」

それまで強ばっていた大澤の表情が、江崎の顔を見た途端、微かに綻《ほころ》ぶ。

「アドバイスをありがとうございました」

大澤は差し伸べられた江崎の手を両手で強く握り、深く深く頭を下げた。

江崎は大澤の後ろをちらちら見て、「高久くんは?」と尋ねる。

「先に帰りましたが、彼も出席する必要がありましたでしょうか?」

「いや、そういうわけでは、ないんだが……」

大澤が真顔で応じると、江崎は彼らしくなくなんとなく狼狽した様子を見せる。しかしすぐ気を取り直したように軽く咳き込み、空いている方の手を大澤の肩に置き、そこを軽く叩いた。

「碓井機長が見守っていてくれたよ」

大澤の顔に口を寄せ、周りには聞こえないほど小さな声で江崎は呟く。と、大澤は頷いて、満面の笑みを作った。

「私もそう思っています」

これまでとは違う、穏やかで自信に満ち溢れた笑みに、江崎は目の前にいる男が、また一回り大きく成長したことを知る。

「片瀬機長のご容体はいかがですか?」

周囲を気にしながら大澤が尋ねると、江崎は「さっき連絡があった。胃潰瘍で入院するとのことだ」と応じる。

「そうですか」

大澤はほっとして小さく息を吐く。

「おそらく今回のことで、彼らの処遇《しょぐう》が決まる。君には嫌な思いばかりさせてしまって、申し訳なかった」

「いえ、あの、杉江は……」

大澤は同僚の名前を口にする。今でこそお互いの間に溝《みぞ》はあるが、学生時代、苦楽《くらく》を共に味わった仲間だ。

「情状酌量《じょうじょうしゃくりょう》になる可能性はある。もちろん君が一言、言えば、だがね」

江崎は大澤の気持ちがわかった上でそう言いにやりと笑う。会見の席に着くよう、促した。

会見のほとんどは、事故の原因究明に対する会社の方針や、経過についての説明で終わった。

かつて大澤の父親が起こした事故を取り上げ、悪意に満ちた質問をする者もあったが、それを平然と躱《かわ》し、逆に相手をやりこめた。

「最後に大澤機長に、質問します」

最後にある記者が立ち上がった。

「もしかしたら命を落とす可能性もあったわけですが、着陸のとき、何を思われましたか」

マイクが大澤に向けられる。

「万が一にも、その可能性を考えなかったと言ったら嘘になります。ですが、乗客の安全を一番に考え、そのために最善の道を模索していました。しかし……」

そこで一度言葉を切り、深々と被っていた帽子の下で、唇に笑みが漏れる。

「着陸のときには、自分の一番大切な人のことを考えていました」

大澤の発言を、非常識と考えたり、職業意識が足りないとする者はいなかった。むしろこの会見を聞いている誰もが、その大澤の発言に人間味を覚えただろう。

「明日は一〇時に、本社会議室にいらしてください」

本社の人間と明日の打ち合わせを済ませ改めて会見場を出るとき、大澤は江崎に深々と頭を下げた。

そして一人でエレベーターに乗り込んでから、ステイバックの中から車の鍵を苛々《いらいら》しながら探す。

会見などなければ、あのまま野城とともに部屋に戻り、気持ちを聞くつもりだった。

『大澤さん、好きです。好きですっ、大好きです』

飛行機が接地したときに聞いた、叫びのような告白の声が、今も耳に強く残っている。

愛していると自分の気持ちを伝えてからのキスの感触が、唇に蘇る。

情けなくも泣いてしまった自分を恥ずかしく思わないでもない。だが、素直で正直な大澤の本当の姿を、野城は受け入れてくれた。

明日会ったら、有無を言わせず、家まで連れて帰る。そしてもう一度お互いの気持ちを確認し、強く抱き合いたい。

野城のことを考えるだけで熱くなる。

エレベーターを降り、ターミナルビルから駐車場へ通じる通路へ向かう。大澤が車を置いている場所は、常に同じだ。眩しい蛍光灯の中を歩いていた大澤は、愛車であるコンバーチブルタイプのＢＭＷの横に、見える人影に気づく。

大澤の足は速くなる。もしかしたらという期待が、足を進めるごとに膨らんでいく。

「お疲れさま」

大澤の愛車に背中を預けるようにして立っていたのは、今一番会いたい男だった。疲れた顔の中にも笑顔を見せる。

「どうしたんですか。そんなに驚いた顔をして。もしかして、俺が待っているとは思っていなかったんですか？」

喜び半分、驚き半分で大澤が頷くと、野城は悪戯っぽく、首を傾げた。

「正直に頷かないでください。自意識過剰な大澤さんは、いったいどこに雲隠《くもがく》れしてしまったんですか？」

野城は笑いながら呆然と立ち尽くす大澤の前まで近寄ると、その手から車の鍵を奪い、勝手に扉を開けた。

「こんな吹きっさらしの場所で待っていたら、すっかり冷えてしまいました。大澤さんの家で暖めてくれませんか」

甘美《かんび》な誘いを口にしても、野城の清楚《せいそ》な雰囲気は、まったく失われない。この男は、いつもそうだ。大澤はようやく笑顔になる。

「その言葉、後悔しても、知らないぞ」

そしてこれまでのペースを取り戻したように不敵《ふてき》な笑みを浮かべ、運転席に乗り込んだ。

野城は当然のように助手席に座った。

「会見はどうでしたか？」

駐車場を滑り出した車は、それほど混んでいない道路を大澤のマンションに向かう。

「事故の経過の説明と原因究明を、今後していくと話したぐらいだ。あと会見場には、江崎機長がいらした」

「そうですか」

今日はおそらく、心配した江崎から家に電話が入ることだろう。彼の表情に、ほんの少しだけ後ろめたさを覚える。

「着陸するときに命を落とす可能性もあったわけだが、そのとき何を考えたのかと言われた」

信号が赤に変わり、ＢＭＷは停止する。

「命を落とすなんて考えなかったと、強気で言ったんじゃないんですか?」

ふっと野城が笑うと、大澤は「まさか」と笑いながら、顔を横へ向ける。

「一番大切な人間のことを思ったと、正直に伝えた」

大澤は驚きに見開かれる野城の目を、穏やかな瞳で真正面から見つめる。口元のホクロが、いつも以上に誘っているように見えた。このまますぐにでもキスをして、抱き合いたい。激しい衝動に駆られながらも、信号が青に変わったところで車を発進させる。

「高久」

大澤は顔を前へ向け、野城の名前を呼ぶ。

「あのときに聞いた言葉、生きるか死ぬかの瀬戸際《せとぎわ》だったからの、でまかせじゃないよな」

「どうして、疑うんですか。あのあとでもう一度はっきり言ったじゃないですか」

「聞いていない」

呆れたように野城が返すと、大澤は子どものように唇を尖《とが》らせて、否定する。

「俺は何度も愛していると言ったが、お前は一度も、愛しているとは言ってくれていない」

「そう、でしたか?」

「そうだ!」

強い口調で断言されて、野城はそうだっただろうかと、一時間ほど前に記憶を遡らせる。

大澤の涙を見て生きていることを実感した、大澤のことを愛していると認識した。だから当然、その感情を口にしていると思っていた。

好きだと言った覚えはある。大好きだとも言った。

しかし、愛しているという言葉は、口にしていないかもしれない。

「どうだ。思い出したか」

マンションの地下駐車場へ辿り着いたところで、大澤は野城に確認を取る。

エンジンを切り、助手席に覆い被さるように大澤の顔が迫ってくる。

体全体が、大澤の使っているコロンの香りに包まれる。

触れるだけのキスが落ちてくる。唇は重なっては離れ、離れては再び重なる。もどかしいばかりの甘いキスを、お互いがお互いを焦らしながら楽しむ。望めば貪るような深い口づけができる。それがわかっていて、あえてぎりぎりで我慢する。

「高久」

大澤は耳元で再び野城の名前を呼びながら、手を足へ伸ばし、つけ根から太腿を撫でる。

布の上から伝わる掌の温もりに、野城の体は大きく震えた。

「大澤さん……部屋へ……」

「お前が愛していると言ってくれるまで、部屋へは行かない」

大澤は耳朶を甘く嚙みながら、自分の下半身に伸びる手を押さえた野城の手をさらにもう一方の手で捕らえる。

「だから、好きだって……言っているじゃないですか」

「俺が聞きたいのは、愛しているという言葉だ。高久の口が、俺を愛してるとはっきり言葉にするのを聞くまで、許さない」

大澤は野城の手ごと腰へと押しつけ、力任せに上下させる。昂ぶり始めた場所への強い圧迫感に、野城はたまらず身を捩る。

「痛っ」

「そんなことを言いながら、感じているんじゃないのか？　優しくしてほしいだろう。こんな洋服の上からじゃなくて、直接。俺の手で……」

耳朶にかかる熱い息に、野城は翻弄されていく。

状況は完全に、大澤のペースになっていた。耳の中まで舌で愛撫され、肩を竦め逃れるように背中をシートに当てる。けれど逆にさらにがむしゃらに腰を刺激され、完全にそこは熱くなり、次なる行為を待ってしまう。

「あ……ああ……っ」

愛していると大澤に告げることは、自分の気持ちを認めた野城にとって、決して難しいことではなかった。ただ焦らしているうちにタイミングを逃してしまっただけだが、今この状況で言ってしまったら、あまりに情けなさすぎる。

キスを求めて顔を寄せると、大澤は意地の悪い笑みを浮かべ、ふっと体を後ろへと引く。

そして何を思ったのか野城の手を解放すると、シートを一番後ろまで下げ、自らベルトを外し、ズボンのファスナーを下ろした。

「大澤さん……」

「無理に言わなくてもいい。でもその代わり、欲しかったら自分でこの上に乗るんだ」

こう言えばさすがに野城は諦めて、告白すると思っていたに違いない。これまでの大澤を考えても、大切な車の中、それもお互い背広を着たままの状態でセックスするなど、ありえない。

しかし野城はそこで怯まなかった。大澤の言葉に従うしかなかった、これまでとは違う。大澤を愛し、そして彼からも愛されているからこそ、セックスにおいても、一方的に愛されるだけの立場にはいたくなかった。

だから大澤の言葉に応じるように、体を横へ向けて大澤の腰に手を伸ばし、ファスナーをすべて下ろす。そして露になったトランクスの上から、自分と同じように熱くなっているものに指を絡めた。

「おい……」

案《あん》の定《じょう》驚いている大澤に笑いかけると、野城は体半分を大澤に預けるようにして、それを布越しに口に咥えた。微かに歯を立てるだけで、大澤は形を変え、熱い脈動を滾《たぎ》らせる。掌に、はっきりとした血液の流れが感じられる。

大澤も感じている。その事実に野城も興奮する。

「高久、やめなさい」

大澤は頭を押さえ、自分のものから引き剝がそうとするが、それを拒むように野城が歯を立てると、男の口から快感を示す喘ぎが漏れた。

「ん……っ」

「え……?」

野城は自分の耳に聞こえた音が、確かに大澤から出たものかを確かめたくて、顔を横に向けてもう一度、同じように嚙んだ。

「……っ」

今度は声こそ上がらなかったが、彫りの深い男の眉間に深い皺が刻まれ、唇が僅かに震えた。

何度も抱き合いながら、自分とのセックスで大澤が感じて出す声を聞いたことがなかった。

自分のことで精いっぱいで、自分を追いつめるだけの男に対する関心など、まるでなかった。

けれど、本当は今は違う。野城にキスしながら、大澤は自分も感じ、その変化を体で示していた。ものすごく嬉しくて、もっと声が聞きたいと思った。

さらに、自分を追いつめるだけの男が、自分を抱きながら感じているかもしれないと、考えたことがなかった。

布の上からの愛撫ではもどかしく、野城は隙間から指を中へと差し入れ、完全に立ち上がったものを外へと導く。快感に濡れる先端を目にして、躊躇なくそこに野城が舌を伸ばすと、髪を摑んでいた大澤の指に力が籠《こも》った。

「高、久……」

「気持ちいい?」

邪魔な布を下ろし、今度は直接根元から先端に向かって飴《あめ》をしゃぶるように刺激すると、さらにそれは大きく震え、愛液を溢れ出させる。尋ねた言葉に答えはなくても、反応は明らかだ。

大澤の変化を見ているうちに、野城の体も内側から蕩け出していた。

激しい喉の渇きを覚え、腰で生まれた疼きは、全身に広がっていく。

ここのところずっと触れていなかった大澤の熱が、あまりにも刺激的な感覚になっている。

大澤のものから離れると、ベルトを外し、下着ごと膝まで下ろす。フロントガラスから漏れる駐車場の明かりに、一瞬理性が蘇る。はっと息を呑み動きを止める。激しい羞恥を感じながらも、ここで止まることはできない。

それまで野城がすることを受け入れていた大澤は、野城が自分の上に乗りやすりようにシートのリクライニングを倒した。

「大丈夫か?」

心配そうな大澤の声に野城は小さく頷く。

野城の胸の内に同時に生じていた逃げ出したくなる気持ちと、そばに行きたい気持ち。逃げたくなる気持ちを、大澤の慈しみに満ちた目が拭い去って。

「健吾、さん……」

躊躇いがちに大澤の名前を呼びながら、野城は男の腕の中へと体を移動させる。

松橋が大澤のことを名前で呼んでいるのを知ったとき、野城の心に灯った小さな炎は嫉妬だった。そして今自分もまた、同じように名前で呼んでいる。

背中に当たるステアリングに気をつけながら、肩に両手を掛け腿を跨《また》ぐ。鼻と鼻が擦れて、どちらからともなく笑みが零れる。笑ったままの口でキスを繰り返し、ゆっくりと舌を絡ませ、貪るような深い口づけを交わす。

「ん……ふっ」

服を脱いでいる間に、静まりかけていた体はそのキスで再び熱を帯《お》びていた。野城は両手の中に大澤の頭を抱え、唇を貪りながら、下半身を男の腰へ摺りつけた。

露になった互いが微かに触れ、さらに硬くなる。熟《う》れた果実のように、先端が何度も弾《はず》む。

大澤は野城の唇から逃れ自分の指を野城の舌に絡め、唾液をたっぷりとつける。そして両手を野城の臀部《でんぶ》へ移動させ、柔らかい双丘を割り開くように狭間《はざま》へ指を伸ばしてきた。

「健吾さ、んっ…」

直接的な刺激に、それまで主導権を握っていたはずの野城は、背中を反らし大きく腰を弾ませる。

「じっとしていないと、傷つく」

大澤は吐息で野城の耳元で囁く。入り口を撫でていた指を周辺を刺激しながら奥へ伸ばしてくる。指を曲げ内側を爪で引っかくようにされた瞬間、脳天まで突きぬける感覚に、切なげな甘い声を上げた。

「……そこ、駄目」

「駄目？　気持ちいいだろう？」

大澤がわざと熱い吐息を耳へ吹きかけると、野城は苦しそうに唇を噛み締め、強く首を左右に振った。しかし先の行為を拒むわけではなく、指から逃れるように腰を浮かし、腹に当たっている男のものに手を添えてきた。上気した頬と濡れた半開きの唇が、やけに扇情的だ。

「ゆっくりでいい。そう……息を吐いて」

能動的《のうどう》に他人の熱を体の内に取り込もうとする野城の腰に手をかけ、大澤は優しい言葉で促していく。狭い場所へ含まれていく快感に意識を流されないように、背筋を指で撫で上げ首筋に甘いキスを施し、硬くなりがちな体から力が抜けるように、協力をする。

「あ、健吾さん…痛っ…あ、あ……」

背筋を這い上がる痛みを覚えながらも、先端部分を含み、すべてを呑み込もうとする。何度経験しても挿入時の感覚は慣れることがない。渇いた肉がさらに引きつれ、全身に走る痛みを堪えるため、額を大澤の肩に押しつけた。

「大、丈夫…だ、そっと、もう少しゆっくり。力を抜いて……おいで」

動きを止めた野城を下から穿《うが》つように、大澤は自ら腰を使い、さらに深い挿入を図《はか》った。

「あ……や、あ…う…んっ」

大澤のものは、野城の中の弱い部分に当たり、そこを何度も刺激する。大澤がずるずる挿入を続けると、野城の半開きの唇の間から頻繁《ひんぱん》に艶を含んだ声が溢れ出した。

「ここ、か？」

くっと腰の角度を変えると、野城の体がびくりと大きく反応する。

「痛くないだろう。体の力を抜いて……そう、そうやって」

宥めるように肩を撫で大澤の掌に背中を摩《さす》られ、野城は小さな吐息をつき、大澤の顔を潤んだ目で見つめた。

腰でひとつに繋がった野城は奇妙な部分から伝わる鼓動に、男の生命を感じる。

「イイですか。感じて……ますか？」

野城が息も絶え絶えの声で尋ねると、大澤は強く頷いた。

「ああ、すごく感じる。高久は？」

「とても……とてもイイです。体の中の健吾さんが熱くて、触れてるところから、体が蕩けそうです」

羞恥しながらも、野城ははっきりと自分の快感を伝える。そんな野城の真摯《しんし》さに、大澤はさらに優しい言葉を伝える。

「それなら、もっと気持ち良くなって熱くなって、二人でどろどろに溶けてしまおう」

大澤はこれまで抱いた誰に対しても、こんな歯が浮きそうな甘い台詞を吐いたことはない。

それこそ松橋との最初のときなど、愛情の欠片《かけら》もなかった。

いたぶるだけいたぶり、泣かせるだけ泣かせた。自分を好きなら、なんでもできるはずだと罵《ののし》り、無茶な行為を強いた。それでも松橋は、大澤を怨《うら》むことなく愛し続けた。ひどい別れ方をしていながら、アメリカまで追いかけてきた彼を、そこでも傷つけ、自分の都合の良いときだけ抱いた。

けれど松橋は今も、大澤を友達だと言い慰めてくれる。少しでも自分に素直になれたら、あそこまで松橋を傷つけることはなかっただろう。

今になって、激しい後悔の念が込み上げてくる。

そのうえ大澤は、子どもの頃から影ながらその成長を見つめ、愛情を育ててきた野城にさえ、一度は他の相手に対するのと同じ過ちを繰り返しそうになった。愛していながら素直になれず、優しい言葉をかけることができなかった。

でも今、こうして自分は、愛しい存在を抱き締めている。自分の気持ちを伝えることができる。優しい気持ちで接し、愛することができる。

なんと幸せで、なんと愛しいことか。

「健吾さん……」

鼻と鼻を故意に擦り合わせると、それが合図になって、大澤はゆっくりと腰を使い、野城もそれに合わせるように腰を動かした。互いの腹の間では、快感を示し始めた野城が頭をもたげている。もどかしげにそれに伸ばしかけた野城の手を、大澤は払った。

「どうし、て……?」

二重のきつい瞳が、大澤を恨めし気に見つめる。

「前には触らないで、後ろだけで達ってごらん」

意地悪をするつもりではなく大澤が囁くと、野城は首を左右に振る。目尻からは涙が零れ、頰を濡らした。

こうして喋られただけでも、僅かな振動が体内を震わせる。あまりに感じすぎた体は過敏《かびん》になり、これ以上動けそうにない。

「無理、です」

そんな野城の頰を撫でながら、大澤は優しい言葉で宥める。

「大丈夫。何もしなくても、これだけ高久は俺を感じる。恐れる必要はない。一緒に、達ける。大空へ飛び立つように」

「あ…あ、あ。動かないで……」

大澤の腰の動きはまるで滑走路を走り出す飛行機のように、スピードを徐々に増していく。向かい風を翼いっぱいに受け、鳥のように大空へ向かってはばたいていく。

大澤を追いかけて、野城も一緒に飛び立つ。

一際《ひときわ》大澤が腰を強く押し上げると、野城の上半身の動きが止まる。

「あ…ああ…」

口からこぼれ落ちたため息のような声が、空気の中に溶けていく。

全身が痙攣したかのようにぶるっと震える。頭の中が真っ白になり、体内に溢れ出すものを感じながら、下肢にたまった情熱を自分も大澤のシャツに向けて吐精《とせい》する。

「健吾、さん」

これまで我慢していた呼吸を再開させた野城は、がくりと大澤の胸に崩れ落ちていく。二人を繋げていた大澤自身も、急激に野城の体内で存在感を失っていった。

「健吾さん……健吾さん、健吾さん」

全身に広がる充実感と指先に広がる焦れったいような陶酔感に、野城の胸が一杯になる。触れ合った肌で直に感じる、お互いの温もりと鼓動が、幸せを感じさせてくれる。

肩で荒い息をしながら、野城は大澤の名前を何度も繰り返し呼ぶ。その回数分だけ二人は唇を重ねた。

部屋まで上がると、そのまま浴室へと向かった。

一度達してても体の熱は逃げ切っていない。改めて互いの体を見ながら、互いの服を脱がせ合う。だが下着だけの姿になったとき、強烈な羞恥が押し寄せてきた。逃げ出したい気持ちを悟ったように大澤の手が頬に伸びてくる。

「愛している…高久、愛している」

髪をかき上げ、誘われるように唇を重ねる。重なり合う温もりが、互いの想いを伝える。野城の腿の内側には、先ほど大澤の放ったものが流れ出している。妙になまめかしい野城の姿に、それだけで大澤はのぼせそうになっていた。それでもなんとか浴室へ移動しシャワーを頭の上から浴びる。

体のラインに沿うようにして流れる滴《しずく》が、排水溝に吸い込まれていく。

次第に二人は再び熱に浮かされたごとく、唇を深くまで貪り、体に触れる。

腰の奥に伸びた大澤の指に、野城は自分から吸いついていく。

「高久……」

吐息で呼ばれる名前が、野城の体内に染み渡る。愛しさが、全身に広がり、求め合う。

ようやくの想いで濡れたままの体をベッドに横たわらせたときには、朝の六時を回っていた。

「帰ってきたの、何時だったか覚えているか」

大澤の問いに、野城は遠い目をする。

「着陸したのが零時で、それから記者会見があって……」

大澤に問われて改めて考える。

「駐車場に着いたのが二時過ぎ、か」

着陸してからは、まだ六時間しか経っていないが、遥か昔のことのように思える。

少なく見積もっても三時間以上抱き合っていたことになる。それでもまだ足りない気がして、互いの肌に触れ合っていた。

「少し、話をしてもいいか?」

またすぐにチリチリと体内に残っている火が勢いを増してくるだろうが、今は少しだけ穏やかな甘さに浸っていたい。

大澤が静かに問いかけると、上目遣いに窺うような視線を向けてくる。

「例の事故のことだ」

さすがに大澤は野城に伸ばしていた手を戻し、ベッドに起き上がった。つられるように野城も起き上がろうとするが、腰に力が入らない。大澤はすぐにその状況がわかったらしく、野城の頭を撫でる。

「そのままでいいから」

大澤の言葉に、野城は甘えることにした。

「今さら、何を言っても仕方ないと思う。父の起こした事故で、自分や母が責められる筋合《すじあ》いはないと思ったが、たった一人だけ、関係ないとは言い切れない相手がいる」

大澤はそこで一度言葉を切り、横にいる野城の顔を見つめる。額を撫で、そこに小さなキスをして、口を開く。

「事故の直後に放送されたテレビの番組で、前方部分に座っていたにもかかわらず、たった一人助かった子どもの映像があった。横にいた父親が身をもって庇い覆い被さり、発生した火災から免れた。その子どものアップが映し出された瞬間、俺は自分の父が何をしたのかを理解した」

そこに映し出されたのは、当時八歳だった野城だった。自分の身に起きた恐怖に表情を無くした少年の姿は、一五歳だった大澤の胸に、深い傷として残った。

野城は何をどう言えばいいかわからなかった。

あの事故機の操縦をしていたのは、間違いなく大澤の父だ。けれど決して、意図して起こされた事故ではない。

「それから、俺はかなり粋《いき》がって生きてきた。人の同情や憐《あわ》れみが嫌だった。俺の弱い部分を見つめるのが嫌で、それを知っている人間が許せなかった。松橋と出会ったのは、そういう時期だ」

「松橋さんから聞きました」

野城がぽつりと言うと、大澤は驚いたように目を見開いた。

「いつ?」

「俺が大澤さんの家に酔いつぶれて行った翌日です。松橋さんから呼び出されたあのときに、大澤さんとは航空大学時代からの友達だと教えてくださいました。それから、大澤さんという人は、自分の言いたいことを満足に伝える術を知らない、不器用で寂しい人間なのだとおっしゃいました。だから、誤解しないでほしいと」

大澤は微かに唇を震わせたのち、自分の顔を両手で覆う。

松橋の儚い笑顔が、大澤の頭の中に浮かんだ。

あの日泣きながら電話した大澤に、松橋は自分から、野城に話をすると言った。何を話すのだろうか、ある程度は想像していた。しかし、彼の自分に対する優しい気持ちを改めて実感し、大澤は泣くしかなかった。

「大澤さん、泣かないでください」

「泣いていない、泣いていない」

言葉では否定しながら、大澤の言葉はどうしようもなく震えていた。

昨日から今日にかけて、野城の前で二度も泣いている。そんな大澤を、女々《めめ》しいとは思わなかった。おそらく野城が想像する以上に自分に厳しい男だ。そんな大澤にとって、自分が泣ける場所だということが、嬉しくて仕方がない。

女々しいとは思わない。

男だからこそ、大澤は泣くのだ。

「松橋さんは、とてもお幸せそうでした」

なんとか大澤を力づけたくて、野城はあのときの松橋の様子を語る。

「田中さんという、グランドハンドリングの会社の方が、一緒に来ていました。マーシャラーで有名らしいので、大澤さんもご存知かもしれません。まるで躊躇せずに、自分と松橋さんは恋人同士なのだと言っていました」

大澤と松橋の学生時代にどんな関係があったのか、詳しいことは知らなくていい。様々なことを乗り越えたからこそ、今の二人がここに存在している。

自分の愛する男は、今目の前にいる男だ。

野城はそう思い、痛む腰を堪えてベッドに起き上がり、顔を覆っている大澤の手を退けた。

頬は濡れていない。けれど、野城の顔を映す茶色の瞳は、潤んで綺麗に光っている。

次に顔を覆っていた手を見つめる。

「高、久」

初めて見たときから、とても綺麗な手だと思っていた。

あのときと同じで、きっちり切られた爪は、見事な楕円形をしている。甲が広くて長く節のはっきりした、先ほどまでさんざん野城の肌を愛撫していた指は、女性のものではない。すべてを捕らえ、運命まで自分で摑まえそうな大きさと力強さがある。

声は低く、語尾が掠れるセクシーなハスキーボイスに日に透《す》けると茶色に光る髪。一八〇センチを越える長身と、均整のとれた体軀の操縦技術に優れた男は、セックスも巧みだった。

大澤は思い出したように前屈みになって、煙草に火を点ける。

「……そうか」

野城はぼんやりと大澤の指を見つめて呟く。

「何が、そうか、なんだ」

訝しげな視線を送る大澤の頬にキスしたあと、野城はきつい二重の目で見つめ吸いかけの煙草を奪った。

「俺は初めて会ったときから、貴方に惚れてたんです」

煙を吐き出しながら告げるが、大澤は何がなんだかわからないような表情を見せた。野城は小さく笑うと、まだ長い煙草を灰皿で揉み消し、男の首にしがみついて、大澤の体をベッドの上に押し倒した。

「愛しています……って、言っているんですよ。健吾さん」

照れ隠しの早口の告白ののちに、野城は自分から唇を重ねる。

初めてキスするように、大澤の温もりを感じて、野城は鼻の奥がツンとした。泣きたくなる気持ちを堪え、溢れる想いを言葉にする。

「アメリカから飛んできた大きな飛行機は、俺の心という空港に着陸して、どこにも飛び立たなくなってしまったみたいです」

「高久……」

「もうどこにも行かないでください。俺は貴方が思うより数倍、嫉妬深くて独占欲が強いんです。松橋さんの前で泣かないでください。それから、杉江飛鳥にも笑いかけないでください。俺以外の人は見つめないでください。そして俺だけを見つめてください」

自分でもこの場から逃げ出したいぐらい、恥ずかしい。無茶苦茶なことを言っている自覚はあった。しかし大澤はその言葉を聞いても、揶揄したりはせず、それどころか嬉しそうに微笑んで頷いた。

「高久がするなということは、しない。お前が他の人間を見るなと言うなら見ない。もっと甘えて、もっとわがままになってもっと俺を独占してくれ」

歯の浮くほど甘い言葉を口にした大澤は、野城の口元のホクロを指で辿り野城の体を反転させて、時計をもう一度見直した。

「会議は一〇時からだ。家を出るのは九時で十分だ」

——だから、もう一度。

大澤の甘い誘いは、野城の口に直接伝えられた。

予定では日スタ本社には九時半に着くはずだったが、予想以上に道路が混んでいて、大澤の運転するBMWが駐車場に辿り着いたのは、会議の始まる一〇分前だった。

「こんなことなら、あそこで貴方の誘いに応じなければ良かったです」

腰から下には力が入らず歩くのも精一杯の状態なのに、車を降りた場所からエレベーターのある場所まで走らなければならない野城は、ずっとぼやいていた。

「だから背負ってやると言っているだろうが」

「冗談じゃありません。そんな恥ずかしいこと、できるわけありません」

野城は振り返って、恥ずかしいことを平気で口にする男を戒める。

なんとかエレベーターホールまで辿り着くと、今にも扉が閉まる瞬間だった。

「乗、ります」

中にいる人間は野城の声に気がついたのか、扉を開けてくれた。

「ありがとうございます」

「ぎりぎりだったみたいですね」

中に立っていた人から声がかかる。

「松橋さん…」

聞き慣れた声に顔を上げた野城の目に、柔らかな生地の背広に身を包んだ端整な顔立ちの男が目に入る。

どうして日スタ本社に、管制官が来ているのか。

野城の視線の疑問に答えるように、松橋は花が綻ぶような笑顔を作った。

「昨日の件で、江崎さんから頼まれて私も会議に出席することになりました」

「ああ。そうなんですね」

直接大澤とやりとりしていた管制官は松橋だ。

「それにしても」

松橋は黙ったまま口を開かない大澤を横目でちらりと見て、肩を竦める。

「健吾。昨日は素晴らしいランディングを見せていただきました。あれこそまさに、キッス・ランディングですね」

野城はその言葉に、松橋の顔を見つめる。昨日はギアが出なかったという状態を考えれば、あれ以上に見事な着陸はなかっただろうが、いわゆる「キッス・ランディング」には程遠《ほど》かった。

「何を言っているんですか?」

だから大澤の代わりに野城がそのままを尋ねると、松橋はさらににやにや笑う。

「今日の会議には、フライトレコーダーとボイスレコーダーが用いられるそうですが」

そこまで言われても、野城にはまだなんのことを言っているのか理解できなかった。

「あのとき、ヘッドセットは……」

「ええ。オン、でしたよ」

大澤の低い声の問いに、松橋はあっさりと応じる。

やがてエレベーターは会議室のある階に到着し、松橋は先に下りる。

「今までにも様々な会話を聞いてきましたが、ＶＦＲルームすべてに鳴り響く派手な告白は、きっと伝説として語り継がれることでしょう」

フロアに足を踏み出した野城は、その指摘でやっと松橋の言わんとしていることを理解した。

「え、え……だって、昨日、誰も何も……」

慌てふためき満足に喋ることのできない野城の肩に、大澤は背後から手を置いた。

「管制官はあの場にいなかったからな」

大澤は記者会見場で江崎に出会ったが、彼は何も言わなかった。管制塔にいた江崎。あのときのことを振り返ってみると、大澤の顔を見た瞬間に、彼は野城のことを聞いてきた。

歯切れが悪かったのは、もしかしたらそういうことだったのかもしれない。他の人間はともかく、野城の保護者で自分の父のことも知っている江崎相手では、なんとも分《ばつ》が悪かった。

「どうすればいいんでしょうか」

耳まで真っ赤に染めた野城は、縋《すが》るような瞳を大澤に向けてくる。でもはっきり言って、大澤にも今さらどうにもできない。

「なるようになるんじゃないか？」

大澤は開き直ったように言うと、野城の手をしっかりと握った。その様子を少し離れた場所から見ていた松橋は、肩を竦める。

「なんだ?」

「仲良きことは美しきかな。あんまり当てられましたからね、少し意地悪をしてみたくなっただけです」

そして松橋は、呆れた表情を見せながら明るい口調で話し始める。

「意地悪?」

「そう、意地悪です。色々健吾には貸しがありますしね」

まったく悪びれる様子もなく、松橋は美しい声で続ける。

「安心してください。あのときの声は、咄嗟にスイッチを切り替えたので、見事な告白は私のヘッドセットと江崎機長のヘッドセットにしか聞こえていません。私の機転《きてん》に感謝してもらいたいですね」

「なっ」

「それから、ボイスレコーダーの調査も不要ということです。私は先に行ってますので、二人はしばらく、反省でもしていてください」

松橋は踊るようなステップで、会議室へと向かって長い廊下を歩いていく。

その後ろ姿をしばし見送っていた大澤は「やられた」と呟いた。

いけしゃあしゃあと、松橋は真顔で嘘を言ってのけたのである。そしてその嘘に、見事に大澤と野城は引っかかったのだ。

実際のところ松橋の言うとおり、彼の機転がなければ、ＶＦＲルームに声が響き渡っていたのは間違いない、そしてあそこにいた全員に、自分たちの告白は聞かれていたことだろう。

松橋に対し、昨日一瞬でも申し訳ない気持ちを抱いた自分が、大澤はあまりにもあほらしくなった。これまでのことと比較すれば、今の松橋の嘘など可愛いものだが、あまりにタイミングが良すぎる。その証拠に、野城は嘘だとわかってもあまりのことに呆然とその場に立ち尽くし、一歩も動けなくなっていた。

「まんまと一杯食わされたな」

大澤は優しく笑いながら、野城の頬を撫でる。

「本当に、嘘、なんですか」

「だろうと思う。松橋のことだから、信用していいはずだ」

強い大澤の言葉に安心したように、野城は大きく息を吐き出した。

「心臓が口から飛び出るかと思いました。おかげで今も心臓がばくばく言っています」

野城がそう言って心臓に手をやると、大澤はその上に自分の手を置いた。

「本当だ」と笑って。

「もし松橋の言ったように、俺たちの声が全員に聞かれていたらどうするつもりだった？」

「そうですね」

しばし思案するような表情ののち、野城はにっこり微笑む。

「大澤さんの真似をします」

「俺の真似？」

「にっこり笑って、正直な気持ちを打ち明けます。昨日大澤さんが記者の前で言ったように」

野城は一歩前へと足を踏み出す。爽《さわ》やかで頼り甲斐のある、大澤の手に触れられた野城の心臓は、さらに大きく鼓動していた。

「高久」

「俺、国際線で大澤さんと一緒に空を飛ぶのが、夢です」

野城の言葉に、大澤は笑顔になる。

「ずいぶん簡単な夢だな」

ほんの少し揶揄するように大澤に言われても、野城は幸せだった。

大好きな男の首にしがみつき、今のこの場所で、幸せな自分の気持ちをすぐ伝えることのできないことに、ほんの少しの寂しさを感じる。

そんな感情の変化に気づいたのか、大澤は横を通り過ぎる人々の目を盗んで、そっと野城の手を握った。

驚いて大澤を見上げると、さりげなく視線を逸らす男は、ほんのり頬を赤く染めながら、野城の手を握る指に力を込める。

触れ合った掌から伝わってくる温もりに、野城は覚えたばかりの愛を実感する。

そのとき、少し先にある羽田空港から空へ向け飛び立つ、飛行機の姿が見えた。

まるで鳥が大空へ向かってはばたくように、優雅に、そして華麗に、上昇していく。

冬の冷たい空気の中、空を見つめる二人の心の中だけは、春のように穏やかで温かかった。

take off!

その腕の温もり

「会議は十時からだ。家を出るのは九時で十分だ」

語尾の微《かす》かに掠《かす》れる、大澤健吾《おおさわけんご》のセクシーな声で誘われてしまったら、拒《こば》めるわけがない。

「だから、もう一度」

キスとともに告《つ》げられる言葉に、野城高久《やしろたかひさ》は小さな喘《あえ》ぎを漏《も》らす。

互いの気持ちを伝え合った翌朝、出勤時間を気にしつつも、二人は僅かの時間さえ惜しむように激しく抱き合う。

重なり合う唇の熱さや触れ合う肌の温《ぬく》もりに、体の芯《しん》が疼《うず》いてくる。汗ばんだ額《ひたい》を撫《な》で髪をかきあげる指の動きに合わせ、体がベッドに沈む。

「高久……」

昨夜から何度聞いたかもわからない自分の名前を呼ばれるたび、薄い皮膚の下に潜《ひそ》む細胞が蠢《うごめ》き出す。

大澤の手の動きは実に巧《たく》みだ。

指先の僅《わず》かな動きだけで、確実に欲望の種子を探《さぐ》り当て、そこを刺激してくる。

完全に鎮《しず》まっていない体は柔らかな愛撫《あいぶ》にもあっという間に高ぶり、急激に熱が集まってくる。

「健吾、さ……ん……っ」

直接下肢《かし》に触れる指の動きに合わせ、堪《こら》えきれない声が零《こぼ》れ落ちる。

「どうした」

そんな野城の顔を覗《のぞ》き込む大澤は、口元に微かな笑みを浮かべている。額に下りた前髪と、ぺろりと唇を嘗《な》め上げる舌の動きを見ているだけで、背筋がぞくぞく震《ふる》え上がってしまう。触れられた場所から全身が粟立《あわだ》ち、じっとしていられなくなる。

「欲しいのなら、欲しいと言えばいいだろう?」

微かに笑いを含《ふく》んだ声が、耳のそばで紡《つむ》がれる。猛獣を思わせる尖《とが》った犬歯《けんし》が、柔らかい耳朶《じ》に何度か立てられる。火傷《やけど》しそうに熱い吐息が掠めるたび、背中が何度も弾《はず》んでしまう。

昨夜から続く情事で、体は疲れ果てているはずなのに、気持ちも心も高ぶったままだった。

最初の夜から、何度肌を重ねてきたかすでにわからない。けれど、こうしていると、数を重ねるだけだったセックスの無意味さを思い知らされる。

大澤によって己《おのれ》の中に潜《ひそ》む、自分でも知らなかった欲望に気づいた。

そして——未知の快楽を覚え込まされた。女性すら知らなかった無垢《むく》な体が、大澤の色に染まるのは、あっという間だった。

頭と相反《あいはん》する体に最初のうちは抵抗しながら、気づけば心も大澤に奪われ、溺《おぼ》れていった。

素直になれなかった日々、そして切なさに泣き濡《ぬ》れた夜が、まざまざと脳裏《のうり》に蘇《よみがえ》り、今さらながらに野城の目尻《めじり》を濡らす。

「……どうした?」

優しい指先の動きに、うっすらと瞼《まぶた》を開く。視線の先にある大澤は、慈《いつく》しみに満ち溢《あふ》れた瞳を、組み敷《し》いた相手に向けていた。

「辛《つら》いのか」

甘い声に、野城は首を左右に振る。溢れる涙を拭《ぬぐ》い、そのまま頬《ほほ》を撫でる男の掌《てのひら》に、そっと自分の手を重ねる。

「幸せなんです」

消えそうに小さな声で、でもはっきりと自分の想いを告げる。

「高久」

「貴方《あなた》と出会えて、貴方と愛し合うことができて……俺は本当に、幸せです」

胴体《どうたい》着陸をしたとき、つまり命を賭《か》けねばならないと思ったとき、スラストレバーに添《そ》えた手に触れる大澤の手の温もりは、確かな生の証《あかし》だった。

あのときまで、大澤を愛している自分に気づきながら、それでもどこかで否定しようとしていた。

認めたくなかった。今回のことがなければ、まだ今も二人は、すれ違ったままだったかもしれない。もしかしたら、一生互いへの気持ちを打ち明けることなく、愛し合いながらも反発し、そのままで終わっていた可能性も否定できない。

ふと思う。

親友同士だったという互いの父親の心が、あの瞬間、自分たちを守ってくれたのではないか、と。同じ痛みを抱《かか》えた自分をわかってくれるのも、そして同じ痛みを抱えた大澤を理解できるのも、お互いしかいない。その事実に、気づかされた。

発散しても、次から次へと大澤への想いが溢れてくる。大澤に愛される悦《よろこ》びを教えられた体は、貪欲《どんよく》だ。

「それを言うなら、俺もだ、高久」

野城の掌に、大澤は熱い唇を押しつけてくる。同時に、下肢にあった指が後ろに回り、小刻《こきざ》みな収縮《しゅうしゅく》を繰り返す場所に移動した。

昨夜からの行為で熱く疼く襞《ひだ》をひとつひとつ開くような動きに、内腿《うちもも》が震えた。

「ん……っ」

「こうしておまえの体を腕の中に抱き締めながら、どこかまだ夢を見ているような気持ちにさせられる」

啄《ついば》むキスを繰り返しながら、内壁《ないへき》への刺激は強くなる。完全に熟《う》れた場所は、爪の先が擦《こす》れるだけで、過敏《かびん》に反応してしまう。

ドクドクと脈打ち、無意識に収縮を繰り返す。続けざまに愛されていながら、大澤の言葉や仕種《しぐさ》に応じて、変化していく。

「夢なら夢で――醒めないでほしい。一生こうして、俺に笑顔を見せる素直な高久を、ずっと抱いていたい」

強気でわがままで強引な男がふとした瞬間に見せる優しさや脆《もろ》さに、どうしようもなく愛しさを覚える。

これまで、一方的に抱かれるだけだった立場が、今は少し違うように思えるのは気のせいではないだろう。

抱かれるのではなく、抱いている。遠かった大澤の心が、身近にある。過去とともに晒《さら》された、傷ついて萎縮《いしゅく》したその心が、少しずつ温まっていくのがわかる。

野城も同じだった。

頑《かたく》なに閉ざしていた頃にも、自分の周りには数多くの温かくて優しい気持ちがあった。江崎《えざき》の、そして中山《なかやま》の。

常に自分に向かって伸《の》ばされていた手は、気づきさえすれば握《にぎ》り返すことができたのだ。

大澤も今、自分に向けられて伸ばされている手に気づき始めている。野城よりも困難で厳しい道を歩んでいても、強い心を持ち続けていた男だ。優しさに気づいたところで、そこに甘えることはない。一人で歩けなくなることもない。

誰よりも凛々《りり》しく、誰よりも完璧に、そして安全に飛行機を操縦《そうじゅう》する。

目標であり、憧《あこが》れでもある。

だからこそ野城は、大澤に惹《ひ》かれ、愛したのだ。

「俺も、大澤さんに、ずっとずっと、抱いていてほしい」

大澤からもたらされる快感に翻弄《ほんろう》されながら、手をそろそろと相手の下肢へ伸ばした。

重なり合った互いの腹の上で、熱く猛《たけ》ったものは何度となく柔らかい肌を刺激し続けている。

軽く触れるだけで強い脈を感じ、その脈に野城も煽《あお》られる。

「……っ」

漏らす艶《つや》めいた吐息《といき》に、大澤もまた感じていることがわかる。

「感じてますか」

吐息混じりに、野城は大澤に尋《たず》ねる。その間にも、大澤の指は体内を動き回っている。

「俺が触《さわ》って……感じますか？」

繰り返し尋ねると、大澤は微かに眉間《みけん》に皺《しわ》を寄せた。

「ああ……感じている」

笑いながら応じたかと思うと、野城を摑んだ掌の動きを強くした。

「は、ああ……っ」

これ以上ないほど張り詰《つ》めた下肢が、ドクンと大きく疼く。生理的な反応で体に力を入れることで、体内の大澤の指の存在を強く感じ、咄嗟《とっさ》に喉《のど》を大きく反《そ》らした。

「高久……」

強すぎる快感から逃れようと無意識にずり上がっていこうとする腰を、大澤は引き止めにかかる。指を下肢から引き抜いて、伸び上がって唇を重ねてくる。

「んん……っ」

触れ合う唇の甘さと切なさに、野城は首を左右に振る。その唇を、大澤は執拗《しつよう》に追いかけてくる。決して無理強《じ》いはしない。

掠めていく唇の甘さの度合いが頻繁《ひんぱん》になり、次第に触れ合っている時間が長くなる。

「……ふぅ……ん……っ」

角度を変える唇から微かな吐息と喘ぎが零れ落ちる頃、大澤は野城の太腿《ふともも》を抱え、軽く掲《かか》げていた。そして大澤の目の前に、先ほどまで指にいたぶられていた場所が露《あらわ》にされる。小刻みな収縮を繰り返すそこに、猛った大澤自身がゆっくり押し当てられる。

「………っ」

柔らかく解《ほぐ》されていても、挿入《そうにゅう》される瞬間は全身を突き抜ける感覚が広がっていく。確かな質量と熱を持つ大澤の欲望が、擦れ合う内壁から野城に伝わってくる。

「あ……」

最初の部分を通り過ぎると、後は導《みちび》かれるようにして進んでいく。

「健吾、さ……あ……ああ……」

前への強い愛撫がなくても、そこは快感を訴《うった》え、大きく震えながら、先端から情熱を溢れさせる。それが触れ合う腹の間で広がり、ベッドのシーツに染みを作る。

野城は懸命にそのシーツを握り、開いた足の間に、大澤の体を抱え込む。すべて、欲しい。大澤の熱のすべてを、そこに銜《くわ》え込みたい。

手と手が触れ合うだけではわからない、足を絡《から》ませるだけでも伝わることのない、心の「体温」が、繋《つな》がり合うことによりお互いの体に染み渡っていく。その悦びが欲しくてたまらない。

「どうだ、高久……」

野城の望みを見透《みす》かしたように、大澤は聞いてくる。

ぴったりと胸を重なり合わせ耳元で囁《ささや》かれる大澤の声が、例《たと》えようのないほどの甘さを生み出す。その声は耳を通り、神経を伝って全身に広がる。

目、耳、鼻、口、そして——肌。

ありとあらゆる場所で大澤を感じ、その感覚が悦楽《えつらく》へ結びつくのだ。

「……もっと」

野城は両手を大澤の肩に伸ばし、より深く体を繫ぐべく腰を浮かす。

「もっと……なんだ?」

大澤はわざと意地悪な言葉を口にする。けれどその口元が優しい微笑みを湛《たた》えていることに、野城は気づいていた。

体を起き上がらせるようにして小さなキスをして、それから同じように笑う。

「もっと——健吾さんが欲しいんです」

「もっと、か」

大澤はほんの少し揶揄《やゆ》を混ぜた口調で返してくる。

「そう、もっとです」

野城もそれがわかっていて、甘えるような口調《くちょう》で返す。

「欲張りだな」

「だって、健吾さんが言ったんですよ。もっと甘えていい、と。もっと独占していい、と。だから、その言葉に従《したが》うことにしたんです」

松橋《まつはし》の前で泣くなと言っても、大澤とのこれまでの関係を考えれば無理な話かもしれない。杉江飛鳥《すぎえあすか》に笑いかけないというのも、仕事で同乗《どうじょう》すれば、不可能な話だ。

でも——もっと甘えることやわがままを言うことは、可能だ。

松橋の前で泣いても、飛鳥に笑いかけても、大澤の気持ちは自分に向いている。そう胸を張って信じたい。

「——ばかな奴だ」

大澤は野城の言葉にふっと苦笑を漏らしたかと思うと、飢《う》えた獣が獲物を貪《むさぼ》るような激しいキスを仕掛けてくる。噛《か》みちぎるほど強く舌を吸われ、頻繁に角度を変えられる唇の端《はし》から、唾液《だえき》が溢れ出した。顎《あご》を伝い首を濡らすなま温かい感覚に、肌がざわめき出す。

大澤はその痕《あと》を拭った指を、胸の突起に押しつけてくる。

「——っ」

すぐに快感を示し固くなったそこを摘《つま》み、引っ張る。繋がれた場所からの刺激や腹の間で擦られる愉悦《ゆえつ》とともに、野城を享楽《きょうらく》の海へ突き落とし、溺れさせる。

とどめをさすように、大澤は野城の腰の奥深くまで埋《う》めた己を、ゆっくり引き出した。

異物を受け入れ、しっとりとまとわりついていた内壁の引きずられる感覚に、野城は思わず大澤の腕に爪を立てる。

「俺にそんなことを言ったら、つけあがるに決まっているとわかっているだろうに」

大澤は散々口腔《こうこう》を弄《いじ》ったあと、啄むキスを繰り返す。同時に始まる腰の律動《りつどう》に、野城は翻弄される。

「あ、あ、あ……」

この状態でまともな言葉を紡げるわけもなく、ただただ喘ぎとも嬌声《きょうせい》とも判断できない声が断続的に口をつく。

「おまえがいやだと言っても、簡単に手を離さない——俺から逃げようとしたら、どこまでも追いかける。わかっているか、高久」

大澤の声からも、余裕は消え失せていた。

熱い息の中、情熱的な大澤の言葉に、野城の胸はいっぱいになる。

「追いかけて……来て、ください……」

野城は渇いた口で、懸命《けんめい》に訴える。

「でも……俺は、逃げたり……しません」

ずっと、ずっと大澤のそばにいる。

大澤のそばにいたい。

プライベートでも、仕事の場所でも。

誰からも認められるパートナーになって、ともに海外の空を飛び回りたい。

他の誰にも得られない、あの雲海《うんかい》を眺《なが》めたい。

「高久――」

切羽《せっぱ》詰まった声での呼びかけのあと、大澤が体内で爆発するのがわかる。

少し遅れて野城も達し、悲鳴に近い声を上げる。だが、一気に吐精《とせい》し、脱力する体を、大澤はまだ離そうとしなかった。それどころか、体内に存在する大澤はまだ驚くほどの質感を保《たも》っている。野城がそれを認識するとほぼ同時に、大澤は再び腰を突き上げてくる。

「は、あああああ……っ」

「健吾、さ、あ、あ………」

心構えのない状態での動きは、脳天まで突き抜けるような快感を生む。大澤が体内で吐き出したものが潤滑剤《じゅんかつざい》となり、激しい動きすら甘い愛撫に変えた。

大澤の腹を汚した野城のものが、同じように野城の体も汚していく。そして頭と体がとろとろに蕩《とろ》ける。

ベッドで二度――さらに浴室で体を洗うはずが行為に突入した頃には、もう何も考えられなかった。会議が待ってさえいなければ、きっとそのまま夜まで抱き合っていたに違いない。

「続きはまた帰ってからだ」

濡れた髪をタオルで拭いながら大澤が言ったのは、八時半を回ったところだった。

それから急いで着替えを済ませ、渋滞に遭いながら大澤の運転するＢＭＷで日スタ本社へ向かった二人は、松橋から告げられる驚くべき事実を、まだ知らなかった。

あとがき

「キス　ランディング」をお届けいたします。

ご存知の方もおいでかと思いますが、この話は当初一九九九年に、別の出版社から発行していただきました。パイロットの話を書きたい！　と強く思い、懸命に資料を読みあさり、書き上げた作品が、この「キス　ランディング」です（当時のタイトルは「キッス　ランディング」でした）。

アメリカのボーイング本社や、成田の全日空の整備場、羽田の整備場にも見学に行き、操縦している実機のコックピットにも、何度か入ることもできました。

また、グランドハンドリングマンの方、ディスパッチャーの方、整備士の方、CAの方にも、たくさんお話をお伺いいたしました。この話をきっかけに、航空関係でのお知り合いも増えました。今でもあのときのことを思い出すと、胸が熱くなります。

本棚には航空関係の書物が並び、カレンダーや文具等、航空関係のグッズで揃えられ、CDやビデオも購入したり、生活までもが航空関係一色に染まっていたように思います。

あれから八年が過ぎ、今またこうして、改めて出版して頂く機会をいただけたことを、嬉しく思っています。

ダリア編集部の皆様、そしてイラストをご担当くださったタカツキノボル様、本当にありが

応募用紙

小冊子申し込みカード（コピー可）

※ここには何も記入しないで下さい。

小冊子（1冊）：600円
◆申し込みカード◆

ここに応募券を貼って下さい

ここに応募券を貼って下さい

ここに応募券を貼って下さい

〒□□□-□□□□
ご住所
都道府県

電話
（　　　）　-

お名前《フリガナ》
様
※NO.

キャラ投票

●ダリアから刊行されているふゆの先生の作品のなかで一番好きなキャラクターを教えて下さい！

攻　作品名　キャラ名　理由

受　作品名　キャラ名　理由

ありがとうございました♡

✂キリトリ

住所カード（コピー可）

〒□□□-□□□□
ご住所
都道府県

お名前《フリガナ》
様
※NO.

✂キリトリ

宛名カード

〒173-0021
東京都板橋区弥生町78-3
(株)フロンティアワークス
「ふゆの仁子小冊子応募者全員サービス」係

ダリア文庫をお買い上げいただきましてありがとうございます。
この本を読んでのご意見・ご感想・ファンレターをお待ちしております。

〈あて先〉
〒173-0021　東京都板橋区弥生町78-3
(株)フロンティアワークス　ダリア編集部
感想係、または「ふゆの仁子先生」「タカツキノボル先生」係

❋初出一覧❋

キス ランディング……ビーボーイノベルズ
キッス ランディングを加筆・修正
その腕の温もり………書き下ろし

キス ランディング

2006年8月20日　第一刷発行

著者　ふゆの仁子

発行者　藤井春彦

発行所　株式会社フロンティアワークス
〒173-0021　東京都板橋区弥生町78-3
営業　TEL 03-3972-0346　FAX 03-3972-0344
編集　TEL 03-3972-0333

印刷所　大日本印刷株式会社